아직도 아침을 사랑해!

아직도 아침을 사랑해!

지은이 | 정두리

펴낸이 | 一庚 張少任

펴낸곳 | 돌샘 답게

초판 인쇄 | 2022년 5월 20일

초판 발행 | 2022년 5월 25일

등 록 | 1990년 2월 28일, 제 21-140호

주 소 | 04975 서울특별시 광진구 천호대로 698 진달래빌딩 502호

전 화 | (편집) 02)469-0464, 02)462-0464

　　　　(영업) 02)463-0464, 02)498-0464

팩 스 | 02)498-0463

홈페이지 | www.dapgae.co.kr

e-mail | dapgae@gmail.com, dapgae@korea.com

ISBN 978-89-7574-349-8

나답게·우리답게·책답게

정두리 에세이

에세이집을 묶기 위해 오래된 글을 정리하면서
기억과 추억이 자연스럽게 나뉘는 것을 느낀다.
그것에는 후회와 그리움이 확연히 분리되어
딱지처럼 남아있었다.

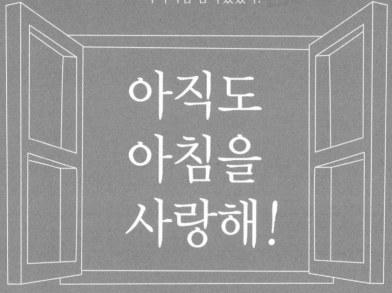

아직도
아침을
사랑해!

도서
출판 답게

아픔도 약이 되었다

툭, 신문을 놓고 가는 소리다.

현관밖에 놓인 신문을 집어 들고 거실로 나온다.

창밖이 희부옇게 열리는 여명의 시간, 오늘의 시작이다.

창밖 가로등 불빛에 늘 그 자리에 있는 잘생긴 동구나무,

4월이면 꽃구름으로 다가올 벚나무도 선잠 깬 모습으로 서

있다.

'안녕!' 나무들에게 아침 인사를 한다.

커피를 내리고, 버릇처럼 잠깐 핸드폰을 눌러 본다.

아침이 다른 곳에 사는 딸이 보낸 문자를 확인하기 위해서다.

냄새부터 마시며 천천히 커피를 맛본다.

다가오는 구수한 향기, 아침이 주는 고마운 것 중의 하나다.

좋은 커피는 식어가도 향이 남아있다.

그래서 이 아침을 사랑한다.

에세이집을 묶기 위해 오래된 글을 정리하면서 기억과 추억이 자연스럽게 나뉘는 것을 느낀다. 그것에는 후회와 그리움이 확연히 분리되어 딱지처럼 남아있었다. 분명한 것은, 돌아보면 내게 온 아픔은 처방전 없는 약이 되어주었다는 것이다.

아주 오래전, 주보의 글과 청탁받은 글 대부분은 유통기간이 지나 밀렸다.

〈에세이 4〉에서 그때의 글을 아쉬워 묶어 실었지만, 나이듦이 주는 시간을 극복하지 못해 숱하게 버리는 글이 되었다.

청탁받은 원고매수 때문에 깡총하니 짧아진 글부터 모두 내 삶의 편린이지만 욕심은 그곳에서부터 정리해야 했다.

주춤한 성격 때문에, 아니면 내 글에 대한 애착이 덜하여선가

종이 색이 변한 채 모여진 글 조각들을 들쳐 보면서, '뭐, 지금부터라도 크게 늦은 건 아닐 거야', '남겨야 할 글이라면 다음에' 스스로 마음을 다독여야 했다.

찾아보기 힘든 오래된 원고, 스크랩된 글을 찾아 세상 밖으로 꺼내준 장경숙님, 보기 좋게 책으로 엮어준 도서출판 답게에 깊은 감사를 드린다.

2022년 초봄에

정 수 리

| 차례 |

< 에세이 1 >

< 에세이 2 >

< 에세이 3 >

< 에세이 4 >

< 에세이 5 >

< 에세이 6 >

에세이 1

01
날아오르고 싶다

얼마 전 종영한 드라마 얘기를 꺼내 본다.

실제 77세의 탤런트 박인환은 드라마에서는 발레에 도전하는 70세 심덕출 할아버지로 분했다. 제목 '나빌레라'는 나비같이 '죽기 전에 나도 한 번은 날아오르고 싶은' 주인공 심덕출의 꿈이 펼쳐진 드라마. 그는 전직 집배원 출신이다.

그는 왜 유독 하고 싶은 일 중에 몸매를 갖춰야 다가갈 수 있는 발레에 집착하게 되었는지 처음에는 이해하기 어려웠다.

시골 출신인 그가 발레를 접할 기회가 많은 것도 아니었을 텐데 어릴 때부터의 꿈이 발레리노였다고 한다. 실제 찰나적으로나마 날 수 있는 일이 발레에서만 가능하다고 생각했을까? 암튼, 그는 스물셋 청년 발레리노 '채록'의 매니저가 되고, 그에게서 어렵사리 발레를 배운다. 발레 바를 잡고 용어조차 귀에 설은 동작 하나하나를 외우는 일에 열중한다. 아무리 백세시대라고 하지만 나이 듦이 주는 신체적인 콤플렉스가 있고, 심덕출은 이미 알츠하이머 진단을 받은 환자이기도 했다. 심덕출은 마지막 꿈인 '백조의 호수'에 출연하려고 준비한다. 알츠하이머로 기억력은 쇠퇴하고, 포기 직전까지 이르지만, 우여곡절 끝에 '채록'과 함께하는 이인무二人舞는 박수를 받는다.

주저함을 극복한 그야말로 기죽지 않는, 요즘 말로 쫄지 말아라 '나에게도 꿈이 있었다'라는 것으로 노년의 삶을 인정받는 드라마여서 즐겨보았다.

한때, 그렇게 옷을 좋아하고 잘 입어내던 친구가 달라졌다. 옷에 맞춰 핸드백과 구두를 맞추고 장신구까지 색깔 맞춤하던 그녀가 만날 때마다 같은 핸드백을 들고나와서 우리를 의아하게 때로는 실망하게 하는 것이 아닌가?! 표정으로 보아도 그녀는 한눈에 열정이 사라진 것을 알 수 있었다.

두어 번 수술로 병원 신세를 지고 나더니 그리되었을까, 친정 어머니를 요양원에 모셔놓고 코로나 때문에 면회 금지를 당하고 결국은 돌아가신 우울함 때문일까? 맹렬하던 의욕과 엽렵함이 사라지고 매사에 기운이 빠지고 느슨한 모습은 전염이 되어 우리까지 우울하게 만들었다. 머리 염색을 하지 않아 모자를 눌러 쓴 친구, 부디 다음 모임에는 밝은 웃음소리와 목에 두른 긴 스

카프의 한쪽 자락이 가을 바람에 날개를 달고 날렸으면 좋겠다.

이즈음 아카데미 여우조연상 수상자 윤여정의 소식으로 매스컴이 일렁인다.

칭찬 일색이다. 그녀가 겪어낸 신산의 지난날도 삶에 대한 치열함으로 박수를 받는다. 당당하고 기죽지 않는 윤 배우의 모습이 보기 좋다.

'나는 나다우면 되는 거 아니에요? 화나면 화내고~' 어록으로 남을 거 같은 그녀의 말에 박수와 별 다섯 개를 주고 싶다. 나다운 거, 아직도 나는 그게 뭔지 잘 모르고 살고 있다. '나이 칠십이 넘어도 저렇게 큰상을 받고 신날 수도 있구나.' "이젠 광고 수입도 엄청나겠지?" 내 일처럼 기분 좋아져서 웃으며 말해 본다.

이제 우리 앞에서 날아오르는 사람은 윤여정 배우가 아닌가? 날아오름에는 때가 없음을 그가 증명했으니 고맙다. 날아오르는 것은 날개를 펼쳐야 하는 것은 아니었다.

반성문 쓰기

　음식점 탁자에 올라오기 시작하는 기본 반찬을 보고 맛보기도 전에 '아, 이거 아무개가 좋아해!' 하는 사람을 보면, 그 '아무개'가 살짝 부러워진다. 같이 앉은 자리에서 창밖에 걸린 무지개를 보거나, 예쁘게 핀 메꽃 송이를 보고 핸드폰을 꺼내 사진을 찍어 바로 누군가에게 날려 보내는 사람이 있다.

　이때도 그 무지개와 꽃을 받아 볼 사람이 은근 부럽다. 그들 사이가 얼마나 깊은지 얕은지도 모르고, 알고 싶지도 않으면서 공연히 내가 상대적으로 몹시 가난한 기분이 드는 것은 무슨 심사인지. 이런 내 말을 듣고 있던 친구가 퉁명스럽게?, "너도 참, 부러울 것도 많다." 한다.

　간장게장 먹다가 생각나 포장해서 들고 오는 사람, 첫눈치고 많이 내린 아침. 눈을 밀어 치우고 들어와 "미끄러우니 나갈 때 조심해" 하는 사람은 나의 동거인이고 동일인이다. 내게도 이렇게 실제로 도움을 주는 사람이 있었다. 그런데도 너무 쉽게 그런 일들을 투명인간처럼 잊고 있었다. 왜 남이 하는 말과 무지개와 메꽃은 부러워하면서 샴푸로 감은 긴 머리같이 촉촉하게 쓸어놓은 눈길에 대해서는 아무런 고마움이 없는 것인가? 이 무슨 턱도 없는 욕심인가 싶다. 나의 대책 없는 건망증과 망각에 대해 먼저 돌아본다.

어쩌자고 내게 해준 일을 당연시하고 응당 해야 할 일로 여기게 되었을까?

내 기분의 '불호'만 내세우고, 심기가 불편하면 사춘기처럼 자주 삐지게 될까?

언제부터 이런 이상한 착각 같은 것이 자리 잡았을까, 돌아보니 민망하다.

주변인들의 대화가 건강과 건망증으로 자리 잡은 지 좀 오래되었다. 코로나 때문에 건강을 제일 먼저 챙기게 된 것은 인정한다. 내용이 다양한 건망증에는 어이없어 웃다가도 쓸쓸함의 잔영이 남는다.

'나도 그래' 그들과 함께하며 너그러워지고 나에게도 관대해지는 마음을 펼치면서, 우선 가까운 가족들에게 특히 남편에게 따뜻해지자는 반성을 한다. 그의 실수를 과대하게 포장하고 선의에 대한 과소평가를 당연시하지 않았는지? 왜 그에게 하는 말은 직설적이어야 속이 후련해지는지, 그래야 할 말을 한 듯 느껴지는 것에도 속죄하는 마음이 된다. 이 글이 이제 반성문이 되어가는 것 같다.

건망증, 착각과 망각 모두 나이가 주는 당연한 현상이라 여긴다.

살아오면서 서운하고 아프고 또 부끄러운 기억이 왜 없겠는가? 그렇다고 해도 그 일을 반추해가며 노여움으로 시간을 채울일은 아니다. 잊는 일은 그래서 처방전 없는 약이 되어줄 것이다. 뻔한 내용과 어설픈 사실을 늘어놓다가 결국 건망증과 망각그리고 착각에 대한 책임을 돌리고 마는 반성문, 이건 아니다. 그랬지만 정해진 원고매수가 채워졌다. 반성문 쓰기가 어려운글이라는 것을 알게 된 것이 진심으로 부끄럽다.

03

어느 날의 지하철

'근심과 걱정은 모두 내려놓고 가십시오'

'창밖을 바라보세요, 스마트폰에서 눈을 떼시고~'

이 무슨 시詩에 근접한 말인가?

지하철 3호선 퇴근 시간 즈음한 때, 지하철 기관사의 안내 방송.

비슷하지만 그렇다고 매일 같은 내용은 아닌, 내가 듣기로도 이번이 세 번째다.

다른 시간대에는 들을 수 없는 목소리이다.

한강이 보일 때쯤, 한강 다리 위를 지날 때 맞춰 그가 마음먹고 하는 방송인 듯하다.

장소가 장소이니만큼 한강을 지나면서 듣게 되는 이런 말은 분위기에 어울린다.

껌껌한 땅속을 내다보라고 할 수는 없을 것이다. 거기엔 피곤에 지친 내 얼굴이 거울이 된 지하철 유리창에 나타나 보일 테니까.

어떤 분일까, 이런 감성을 지닌 분은.

양재에서 충무로까지 3호선의 신세를 지고 있지만, 다른 시간대에는 들을 수가 없었다.

아마도 '낭만기관사'의 근무시간에 맞춰야 들을 수 있는 행운이 아닐까 생각한다.

그러고 싶다, 근심과 걱정을 모두 내려놓고 가볍게 내리고 싶다.

잠깐 잠깐만, 안 될 일이다.

이 많은 승객이 부려놓고 간 근심 걱정을 그가 혼자 도맡아서 어찌할 것인가? 그럴 수는 없는 일이다.

지하철이 한가한 시간대, 서 있는 승객이 드물어서 맞은편 좌석에 앉은 사람들의 모습이 저절로 눈에 들어온다.

도토리 형의 머리 스타일에 입은 옷도 깔끔했고, 백 팩을 무릎 위에 놓은 스물은 넘어 보이는 남성이 내 눈에 들어왔다. 그는 그 모습으로 앉아 왔을 테지만, 이제야 내가 보게 된 것.

어떡하나! 그는 울고 있었다. 접은 휴지로 눈물을 닦고 또 닦으며 울고 있는 청년.

모르는 사람임에도 울고 있는 그를 보는 내 마음이 짠해지는 순간, 눈물 닦은 휴지를 주머니에 넣고 백 팩 끈을 추스르며 그는 내릴 채비를 한다.

다음 역에서 그는 일어난다. 키도 알맞고 얼굴도 그만하면 준수하다.

강남지역 역에서 그는 내렸다. 왜 울었을까? 지하철에서도 참을 수 없는 그의 슬픔은 무엇이었을까? 기관사의 말대로 근심과 걱정을 지하철에 내려놓고 갔을까?

귀가하여 식구들에게 지하철에서 본 눈물의 청년에 관해 얘기를 꺼내 보았다.

"혹 말이야, 엄마가 위중한 병에 걸려서 울었을까?" 이건 엄마다운 나의 말.

"에이, 엄마가 아파? 그 애 실연했구만." 이건 한마디로 정리하는 아들의 말.

누구의 말이 맞았을지는 청년만이 대답해 줄 일이다.

가장 맑고 따뜻한 날

가까운 동네에 확진자가 생기고부터. 2020년 코로나19는 횡액이 분명하다는 생각으로 한동안 불안하고 초조했다. 흔히 하는 말대로 세월이 야속하거나 억울하다는 말을 입 밖으로 털어내지는 않았지만, 그저 평범한 일상으로 여겼던 일이 하나둘, 특별한 일이 되어가는 내일을 기약하기 어려운 나날로 이어지는 중이었다.

작은 위로라면 이런 일이 나만 겪는 일이 아니라는 것이라고 할까. 그래서 카톡으로 메일로 안부를 묻고 서로 격려하며 누구에게랄 것 없이 울분을 터트리는 일에 동조하는 것으로 힘을 모았다.

그날은 유독 하늘이 높고 푸르렀다. 모처럼 올려다보는 하늘은 구름 한 점 없이 맑았다. 왜 사람들이 그저 고삐 풀린 말처럼 밖으로 한강 변으로 나가려는지, 조금만 참으라는 '질병관리본부'의 부탁과 당부를 따르지 않는지 모르겠다며 갸웃거렸는데, 나도 그날은 집 밖으로 나갔다. 나의 외출은 고작 근거리의 탄천을 걷기 위해서다. 모자와 마스크를 챙기고 핸드폰과 그리고 두껍지 않은 시집도 백 팩에 넣었다.

이 차림이면 일박이일도 가능하다. 운동화를 꺼내 신고 집을 나서는데 민망하게도 흥얼흥얼 콧노래가 나오는 것이었다. '사회적 거리 두기'라는 낯선 단어가 이젠 익숙해지고 마스크가 일상이 된 이즈음, 탄천 산책길에도 지난번보다는 사람들의 숫자는 줄어있었다. 이 길을 계속 걸어가면 양재천까지 이어지는 산책길. 변함없이 탄천에는 청둥오리가 몇 마리 떠다니며 놀고, 왜가리가 아프리카 달리기 선수같이 긴 다리로 먹잇감을 잡기 위해 물속 바위 위에 서 있었다. 물속에는 팔뚝만 한 잉어가 무리 지어 돌아다니고 있었고, 달라진 것은 우리 사람 말고는 없어 보였다.

이때, 네 잎 클로버가 눈에 띄었다. 나는 쪼그리고 앉아 클로버를 뜯기 시작했다. 놀라워라! 그곳은 네 잎 클로버의 집결지, 가방 속의 시집을 꺼내어 클로버를 책 속에 가지런히 끼운다. 시는 클로버와 함께 행운을 누리게 될 것이다.

"뭐 하시오?" 지나가던 할머니가 허리를 굽히며 묻는다. "중요한 거 빠트렸수?"

"아, 그거 행운이 온다는 거 아니유?"

할머니도 알고 있었다. 나는 휴지에다 네 잎 클로버 네 개를 싸서 할머니에게 주었다.

"할머니 행복하세요." 할머니도 나도 웃었다.

행운이거나 행복이거나 아무려면 어떤가. 네 잎 클로버를 만나 즐거웠던 나의 하루, 그날이 내게는 가장 맑고 따뜻한 하루였다는 것을.

05
반려식물과 친하기

요즈음 거의 외출 없이 지내는 중이다.

굳이 열거하지 않아도 이 난국에 질병관리본부에서 하지 말라고 하는 일을 할 생각은 없다. 그래서 새로운 단어 '거리 두기'를 충실히 이행하고 있다.

집에만 있는 중에 베란다의 화분을 정리하였다. 아파트 베란다에서 식물을 잘 기르기는 쉽지 않다. 해를 보아야 하고, 알맞게 물을 주고, 바람이 잘 통해야 하고, 무엇보다 식물을 돌보는 사람의 정성이 따라야 한다. 그동안 아메리칸 블루, 바이올렛, 다육이, 행운목 등 식물재배에도 그때의 유행이 있고 나름대로 욕심은 있어 여러 식물을 키워보았으나 크게 성공하지 못했다.

지금 우리 집은 마삭줄만 저절로 자라고 있다시피 하고 또 키큰 뱅골 고무나무가 있다. 두꺼운 잎이 무성한 고무나무는 곧 가

지치기를 해주어야 한다.

시골 돌담을 타고 무성하게 자라는, 이름도 그때 물어서 알게 된 넝쿨 식물, 그 한 가닥이 식구를 불려서 이제 그득해진 마삭줄. 초여름에 피는 마삭줄꽃에서 나는 은은한 향기는 얼마나 격이 있는지, 언제 필지 모르지만, 꽃을 보겠다는 욕심을 내고 있다. 너무 잘 자라서 구박했던 박하는 어느 구석에 뿌리를 감추고 있을 것이다.

지인에게 받은 몬스테라는 물꽂이 중으로 뿌리가 나고 잎이 돋아 제법 모양새를 잡아가고 있다. 외떡잎식물로 습기를 좋아하고 기르기 쉬운 몬스테라는 더 자라면 화분으로 옮길 생각이다.

먹을 것을 사러 가는 일은 옷을 사러 가는 일보다 덜 미안하다. 꽃을 사거나 모종을 사는 일에는 나은 삶을 살고 있다는 우월감이 있다. 그건 누구와 비교해서가 아니고 나 자신에게 스스로 느끼는 감정이다.

누군가처럼 내다 버린 화분을 들여와서 살려내고, 드디어 꽃을 맺게 하는 타고난 그린핑거는 못 되지만 꽃집을 그냥 지나치지 못하고, 키워보라고 주는 식물이나 씨앗은 사양 않고 꼭 받아온다. 해마다 접시꽃 씨를 보내주는 선생님이 계신다. 그 꽃씨를 텃밭에 뿌려보지만, 아직 꽃을 보지는 못했다. 꽃을 싫어하는 이 없겠지만, 특별히 식물을 잘 기르는 기술이 없으면서도 식물을 좋아하는 것, 이것도 욕심이 되는 것일까?

반려동물은 자신이 없어 기르지 못하고 있지만, 반려식물은 다르다. 오랫동안 가만히 들여다보면 그들의 소리를 들을 수 있다. 이것은 설명하기 어려운 나만의 체득법이다. 반려식물과 친해지는 일은 모든 자연과 가까워지는 첫걸음이 된다.

06
숲과 함께 그리고 우러러

열어 놓은 창문 밖에서 들리는 새소리, 쯔윗 쯔윗 찌르르.

이름은 모르지만, 소리의 여리고 잔잔함으로는 몸피가 작은 새들이 아닌가 짐작된다.

이젠 까마귀 소리도 귀에 익어 정겹다. 하루의 시작이 숲의 새 소리로부터 열린다. 숲 가까이 사는 정복은 사계절이 고르다.

유록의 잎을 보는 봄부터, 언덕길에 찔레가 피고 아까시나무 꽃향기가 동네로 내려오는 신록의 계절에 이르면 숲은 한껏 푸르게 부풀어 오른다. 떡갈나무 잎이 물들고 사명을 다한 듯이 낙엽 지는 계절, 잎을 떨군 그 자리에는 어김없이 새로운 싹이 돋아날 것을 믿게 하는 겨울나무 숲에 내리는 첫눈. 숲은 어느 때고 이렇게 저만의 아름다움을 보여준다.

솔직하게 말하자면 나는 겨울 숲에 조금 더 끌린다. 봄을 품고 있는 겨울 숲의 가식 없는 자태가 좋다. 겨울 숲에는 꽃향기와는 다른 겨울 냄새가 있다. 추위와 바람을 이겨내는 그만의 특별한 자존감과 가진 것 다 덜어내고도 의연한 숲을 인정하고 우러러보게 된다.

동요, 이원수의 「겨울나무」를 아는가?

**넓은 세상 얘기도 바람께 듣고/ 꽃 피던 봄 여름 생각하면서/
나무는 휘파람만 불고 있구나**

특히 2절의 이 가사는 겨울나무에 대한 헌사가 아닌가 싶다. 유치원 어린이부터 시작하는 '숲 체험'은 무엇보다 좋은 체험학습이다.

어린이들은 나무와 열매와 숲에 사는 곤충과 푸나무 서리에 대해 숲해설가를 통해 배우고 익힌다. 무엇보다 나무가 사람에게 주는 유익함과 고마움에 대해서도 알게 된다. 이다음 어른이 되어 나무와 숲을 대하는 그들의 태도는 분명히 다를 것이리라. 조용한 동네가 그들의 조잘대는 소리로 얼마 동안 흔들렸다가 흩어진다.

어른들은 혼자이거나 혹은 짝을 지어 산을 오른다. 어제저녁 마신 술에 대해서, 또는 아무개가 아파 병원에 있다거나 주로 건강에 관한 그런 일상의 얘기들이 아닌가 싶은, 두런두런 말소리가 들려온다. 저들의 하루는 숲을 지나오면서 더욱 힘을 얻어 푸르고 강건해지리라.

숲과 함께, 숲을 우러러보는 사람들에게 박수를 보낸다.

07
시 항아리에 손을 넣으며

이제 아파트에서 항아리를 두고 살기가 어려워졌다.

무엇보다 항아리는 주방 기물로 사용하기가 쉽지 않은 것이 문제다.

항아리는 냉장고에 들어갈 수 없고, 넓지 않은 베란다에 늘어놓기도 불편하다.

직접 된장이나 고추장을 담는 일이 줄어드는 세태 탓이기도 하지만, 항아리는 제 본분을 못 하게 되고 아파트 위주의 주거에는 적합지 않는 처지가 되었다.

내게도 여러 번 이사 끝에 줄이고 줄여 지금은 딱 세 개의 작은 항아리가 남아 베란다 한쪽에 놓여 있고, 항아리 속은 비어 있는 경우가 많다.

봄이 되면 들이게 되는 꽃 화분 만큼의 대우도 받지 못하는 처지지만, 이 항아리는 쉽게 내 곁을 떠나지 않을 것이다. 내가 버리지 못할 것이니까.

잘 가는 커피집 한쪽에 놓인 항아리에 흰 싸리꽃이 가득 담겨 있는 것을 보았다.

항아리가 화사한 분위기의 커피집과 전혀 이질감 없이 어울리는 모습이 반가워 한참을 바라보았다.

가끔 가는 밥집 선반에 제법 큰 항아리가 올려져 있다. 주인아줌마에게 들었다.

'항아리 안으로 복이 들어온다.'라고 그렇게 믿고 올려놓았다는 것이다.

어릴 때, 귀한 대접을 받던 꿀이 담긴 꿀 항아리.

손가락으로 찍어 먹으면 진저리 칠만큼 강한 단맛의 꿀, 자주 먹을 수 없어 묘약 같은 맛으로 기억한다. 꽃 항아리, 복 항아리, 또 있다.

서울 지하철 중요 환승역에는 시 항아리가 있다. 시 항아리, 낯선가?

자그마한 백자 항아리에 돌돌 말아놓은 시 쪽지가 수북하게 담겨 있는 시 항아리다.

펼쳐보면 한 편의 시가 예쁜 삽화와 함께 인쇄되어 있고, 그것을 돌돌 말아 테이프로 봉하여 꽂아두는 시 항아리.

이 시 항아리가 언제부터 지하철역에 자리 잡게 되었을까?

시를 사랑하는 사람들이 모여 삭막한 지하철역에 시 항아리를 놓자고 의견을 모아 시작한 일이라고 들었다. 여기에 뜻을 보태는 작은 믿음의 단체가 뒤에서 돕는다고 한다. 지금은 지하철역 스무 곳에 시 항아리를 놓았고, 그중 열 곳은 아주 잘 운영되고 있다고. 지하철 스크린 도어에 시가 있고, 환승역에 시 항아리가 놓이고, 그러고 보면 참 시를 좋아하는 풍류의 기질이 우리 정서에 자리 잡고 있구나, 그렇게 믿고 싶다.

시가 있거나 말거나 무심한 사람들이 대부분일지라도, 마음먹고 시 항아리를 찾아보면 개찰구 가까운 곳에 항아리가 헐렁하게 비어 있는 것을 볼 때가 있다.

빈 항아리에 손을 넣어 보면서 내 마음은 은근한 기쁨으로 차오른다.

누군가의 손으로 떠나간 시 쪽지, 그의 하루가 한 편의 시로 위로받을 수 있기를 기대한다. 시 쪽지가 비록 메모용으로 쓰고 휴지통에 버려지게 될지라도.

사람들이 잘 읽지 않는 시를 쓰는 시인, 팔리지 않는 시집을 또 내려고 하는 한 시인의 소박한 기쁨이기도 하다.

08
방아풀이 좋아

방아풀을 아는 사람을 만나면 반갑다.

식물도감에는 배향초라는 이름으로 올려져 있지만 내가 아는 이름 그대로 어쩌면 고향 지역의 사투리일 수도 있는 방아풀, 그냥 방아로 부르기를 고집하고 있다.

어릴 때, 어머니가 가꾸던 우리 집 텃밭에는 여러 종류의 채소가 자라고 있고, 한쪽엔 으레 방아풀도 심겨 있었다.

방아풀은 일종의 허브 식물이다. 방아풀에는 은근한 향내가 난다.

이것도 그 냄새를 좋아해서 은근하다고 평하는 것이지만, 방아풀의 향내가 부담스러운 분도 있을 것이다. 추어탕, 장어탕에 넣어 먹는 것으로 보아서는 비린내를 덜어주는 역할을 해주고, 부추에 넣어 전을 부칠 때는 향내로 맛을 더해주는 몫을 해낸다.

종로 먹자골목의 전집 메뉴에 방아 전이 있었다. 혹, 주인의 고향이 나와 비슷한 곳인가? 아마도 그럴 거라는 생각이 들었다. 사는 곳 아파트 뒤쪽 공터에 텃밭을 만들어 상추와 깻잎을 심고 방아도 심었다. 방아풀은 땅을 가리지 않고 잘 자라서 원하는 대로 뜯어 된장찌개에도 넣고 방아 전을 부쳐서 맛있게 먹는다.

가까이 사는 후배에게도 나누고 그도 나처럼 방아풀을 좋아하기를 바랐다.

방아풀은 가을이면 자잘한 보라색 꽃을 피운다. 모양새로는 아벤다 꽃 같지만 크기는 못 미친다. 방아 잎에 풀기가 빠지기 시작하면 잎을 하나하나 따서 말려 보관한다. 겨울에 사용하기 위해서다.

아들은 방아를 넣은 음식을 타박 없이 먹는데, 딸은 아니었다. '이 무슨 냄새?' 방아 향이 부담스럽다고 했다.

나이가 듦은 음식에서도 나타난다. 어릴 때 먹었던 음식이 당긴다. '콩나물 김치죽'이 그중 하나다. 모든 것이 너도나도 부족했던 그 시절, 한 끼를 때우는 배고픔을 서로 나누던 음식이 '콩나물 김치죽'이었다. 그때는 먹기 싫은 음식이었다.

자주 상에 오르면 짜증이 나던 음식을 이번 겨울 들어서 두 번이나 끓이고 맛있게 먹었다.

지금 우리나라는 먹는 것으로 넘쳐난다. 먹고 또 먹고, 저렇게 먹을 수 있나 싶게 무지막지하게 먹는 것으로 방송이 도배되어 수많은 정보를 제공한다.

온갖 화려한 음식이 넘쳐나듯 하고 입맛을 고급지게 길을 들이는 요즘에 김치죽이라니, 그러나 맛있었다.

두레반에 앉아 먹던 형제들 생각도 난다. 입맛은 기억의 맛이 아닐까?

방아풀이 들어간 음식이 나의 기억 속에 남아 그 맛과 향을 잊지 못하는 것만 봐도 확실하다. 방아풀씨가 날아가 떨어진 곳이면 뿌리 내려 자라고 꽃을 피우는 흔하고 편한 풀이지만, 내게는 추억과 기억의 풀이기에 귀하기만 하다.

09
산 아래 동네에 산다

대지산 326미터 높지도 낮지도 않은 산 아래에 살고 있다.

동네와 가까운 산이라서 많은 주민이 산을 찾고 있다.

열어놓은 창문 밖으로 두런두런 인기척이 나서 잠깐 눈길을 주면, 어김없이 두서너 명 혹은 아예 단체로 산을 오르면서 나누는 얘기 소리다.

어느 때는 유치원이나 초등 저학년 또래 예닐곱 명이 조잘조잘대며 지도 선생님을 따라 산을 오르는 모습을 보면 저절로 입가에 웃음이 배인다.

개를 산책시키는 사람들도 본다. 덩치가 큰 개를 데리고 나오는 사람, 개는 원하지 않았을 테지만, 주인 취향껏 옷을 입혀 멋을 부린 작은 개도 보인다.

코로나로 거리 두기를 하는 즈음이라 갈 곳이 마땅치 않은 사람들이 가벼운 등산 코스로 산을 찾는 수가 늘어난 것을 눈짐작으로도 알 수 있다.

　산은 계절마다 다른 모습을 보여준다.

　봄이면 언덕배기에 찔레꽃이 무리 지어 피어있거나, 새로 돋아나는 새잎이 바람에 나풀거리는 모습, 그리하여 산은 서서히 부풀어지면서 몸매가 비대해진다.

　가을 산의 산벚나무는 단풍도 예쁘다. 각자 단풍으로 치장하고, 겨울 채비에 들어가는 나무들, 이때쯤 첫눈이 내리면 어느 때 보다 순결하고 아름다워서 그 모습을 오래 지켜보게 된다. 어떤 크리스마스 카드가 이렇게 실감 나게 예쁘겠는가.

　이곳으로 이사 오기 전 부동산의 추천으로 몇 곳의 아파트를 돌아보았지만, 노랑 코스모스와 맨드라미가 피어있는 길옆 아파트가 나를 이끌어 이곳에 터를 잡게 되었다. 조금 비탈진 길을 오르며 "저 밑에 아파트도 많구먼, 힘들지 않아?" 친구가 말한다. 이만큼도 걷지 않으려고? 속 대답을 한다.

　"아, 공기가 다르네." 친구의 이 말은 내가 듣고 싶은 말이다.

　산을 오르는 길 좁은 터에 열심히 메리 골드 씨를 뿌리고 가꾸는 분이 계신다.

　처음에는 저절로 자란 꽃인가 했으나 금잔화라고 부르는 노란 꽃이 그냥 자라고 피는 꽃은 아니었다. 씨를 뿌리고 밟지 않도록 줄을 치고 '꽃씨를 뿌렸습니다'고 글을 써서 붙이고 코스모스와 맨드라미도 가꾼다. 꽃이 지고 까맣게 씨가 자리 잡으면 하나하나 씨를 채취해서 내년 봄을 위해 준비를 한다. 까치와 까마귀, 들고양이 먹이도 챙기신다. 이런 분이 계시니 이 동네 산하촌에 정이 가는지 모르겠다. 엘리베이터 안에서 애써 외면하거나, 소 닭 보듯 눈이 마주치지 않으려고 하는 사람도 있지만, "안녕하세요?"하고 맑은 목소리로 인사하는 가방 멘 어린이를 보면 "학교 가는구나"하고 화답하게 된다.

산 아래 동네 내가 사는 곳, 여기는 요즘 인기 있는 새로운 단어, '숲세권'이다!

10
주고 싶은 선물

나는 선물이라는 글자를 좋아한다. 그 글자는 행위가 따르지 않으면 살아있는 글자가 못 된다. 누구나 선물을 경험하며 살고 있으리라.

모든 것이 그러하지만 선물에는 제일 먼저 따뜻한 마음이 담겨야 하고 그런 다음 예의와 재치까지 포함된다면 더 바랄 게 없겠다.

'내가 받은 선물 중에는 유치원 다닐 때 삐아트리스에게서 받은 붕어과자에서 나온 납 반지, 친구 한 분이 준 열쇠 하나, 한 학생이 갖다 준 이름 모를 산새의 깃, 무지개같이 영롱한 조가비'

피천득 선생님의 수필에서 옮겨온 글이다.

납 반지와 열쇠, 산새의 깃과 조가비가 어떤 고가의 선물보다

지은이의 마음속에 보석처럼 감춰져 있음을 본다.

받고도 언짢은 선물이거나 성의가 보이지 않는 의례적인 물건의 수수는 선물이라는 이름을 빈 하급의 거래일 뿐이다. 선물은 뇌물이 아니면서 받는 이를 기쁘게 해준다는 의미 하나로도 무엇보다 아름다운 마음의 징표가 될 수 있으리라.

받는 이를 위한다고 생각하는 시간이 길면 길수록 선물의 의미는 깊어지고, 상대편의 기쁨과 즐거움까지 내 것으로 보태어지는 이득을 맛볼 수 있는 선물.

실버스타인의 동화 「아낌없이 주는 나무」에는 사랑하는 소년을 위해 나무는 모든 것을 주고 급기야는 밑동만 남기고 죽어간다. 주는 것에 대한 최상의 아름다운 세계를 열어 보이려는 작가의 뜻이 한 그루의 나무를 영원히 죽지 않게 만든 글이다.

내게도 몇 개의 선물이 평생을 통해 잊지 않으리라는 기억과 함께 남아있다. 통통한 분홍 뺨을 가진 처녀는 빨간 레이스 모자를 쓰고 있다. 무도회의 분위기나 춤에도 조금씩 서툰 아가씨 같다. 수염을 기른 남자의 입술이 처녀의 뺨으로 다가갈 듯하다. 처녀는 부끄러움으로 눈을 내리뜨고 있다. 아마 춤곡이 바뀔 때쯤이면 남자의 입술이 처녀의 뺨에 닿지 않을까?

르느와르의 「부지발의 무도회」 복사판 그림이 내 책상 벽에 붙어있다. 이 그림을 보면 마음 한쪽이 따뜻해지고 입가엔 미소가 고인다.

최근에 내가 받은 제일 좋은 선물이기에 소개하게 되었다. 일 년 동안에 진심 어린 선물을 받아보지 못했다면 그 일 년은 초라하다. 일 년 동안에 진심 어린 선물을 주어보지 못했다면 그 일 년은 더욱 초라하다.

되돌아올 더 큰 무엇(물질이 아니라도)을 기대치 않고 대가를 바라지 않는 선물을 이 가을에는 줄 수 있는 계절로 만들고 싶다.

11

꿈과 행복의 은방울꽃

여행 중에 들른 소품 가게에서 작고 귀여운 꽃 브로치 한 개를 샀다.

작은 방울이 조로롱 매달린 은방울꽃 브로치다. 유리장 속에 진열된 많은 브로치 중에 눈길을 끈 것은 내가 좋아하는 은방울 꽃이기 때문이다. 바로 옷깃에 꽂았지만, 꽃에서 나는 은은한 향내를 맡을 수 없다는 것이 아쉬움이었다.

은방울꽃은 백합과의 식물이고, 열 개의 방울 닮은 꽃송이를 매달고 5월에 핀다. 그래서 5월의 꽃이다. 파리에서는 5월에 은방울꽃을 받으면 행복이 찾아온다고 연인끼리 선물하고, 신부의 부케로도 인기 있는 꽃이기도 하다.

은방울꽃을 좋아하여 그 꽃을 애써 찾아다니고, 꽃이 피는 5월을 놓치지 않으려는 데는 그해 핀 은방울꽃을 보기 위해서다.

은방울꽃을 좋아하는 것을 아는 지인은 숲에서 우연히 만난 꽃을 보면 횡재한 기분이 든다며 스마트폰으로 사진을 찍어 보내주기도 하고, 어디 어디에서 보았노라는 정보를 주기도 한다. 또 북해도 여행 중에 샀다는 은방울꽃이 그려진 예쁜 그림엽서를 선물로 주어 간직하고 있다.

북해도에 은방울꽃 군락지가 황홀하다는 소식을 듣지만, 때를 맞추지 못해 가보지 못했다. 우리나라 지리산 자락에 있다는 군락지도 마찬가지다.

영란鈴蘭 꽃, 방울난초로 불리는 은방울꽃은 20센티가 못 되는 작은 키로 이름 그대로 난초 잎 같은 잎사귀 사이로 고개 숙이며 피는 꽃이다. 사과 내음 비슷한 그 향기는 얼마나 좋은지 곁에 있는 것만으로 행복감을 준다. 꽃에 얽힌 이야기는 하나같이 슬프고 아프다.

왜 살아서 이루지 못한 일을 품고 죽어 꽃으로 피어나는지, 꽃이 되어 환생하는지 가슴이 저리다. 그러나 은방울꽃의 꽃말은 반대다. '틀림없이 행복해집니다'라고 되어있다.

'틀림없다'라는 말처럼 분명한 말이 있겠는가?

그래서 이 글의 제목을 자신 있게 「꿈과 행복의 은방울꽃」이라고 달 수 있었다. 우리에게 꽃과 나무는 아름다움이기 전에 사람들에게 꿈이고 행복이 아닐까! 국립수목원 이유미 원장은 특강 중에 은방울꽃은 '서서 보면 보이지 않는 꽃'이라고 했다. 자세를 낮추어야 볼 수 있는 꽃, 그 모습을 사진에 담으려면 무릎을 꿇고 거의 엎디어야 눈을 맞출 수 있을, 사람들에게 은근히 몸을 낮추기를 요구한다. 방울 소리 내지 않는 방울꽃, 사람이 손대지 않으면 무한대로 촉이 번어나며 잘 자라는 꽃.

틀림없이 행복해지고 싶은 이, 슬픔을 위로받고 싶은 이에게 사과향기 나는 은방울꽃을 찾아보라고 권하고 싶다. 금방울 꽃이 아니어서 더 마음에 드는 이름, 은방울꽃, 이름과 너무나 닮아서 애틋해지는 꽃이다.

⑫ 숲속 공원의 옥잠화

근무처와 가까운 곳에 '경의선 숲속 공원'이 있다.

경의선은 1906년에 서울과 신의주를 잇는 철길의 이름이었다.

2005년부터 시작된 이 지역, 용산선의 지하화로 남겨진 지상 공간 폐철길 6.3km 꽤 긴 구간을 공원으로 만들고 숲속 공원으로 부른다.

2016년 5월 전 구간이 완공되었고, 곳곳에 건널목과 차단기를 설치하여 옛 정취를 느끼도록 만들었다. 그 긴 구간 중에 내가 주로 걷는 길은 공덕역에서 서강대까지의 길이다. 걷는 도중 큰길을 만나면 신호등을 보고 건너가야 하는 곳도 있지만, 이름 그대로 쾌적한 숲속 공원의 모습으로는 충분하다. 공원의 나무들도 내가 이름을 불러줄 수 있는 아는 수종이라 친근감이 든다.

메타세쿼이아가 여기서도 큰 키로 서 있고, 의젓한 소나무, 마가목, 모감주나무 등 봄의 벚꽃도 아름답다는 소문이라 내년 봄을 기대하고 있다. 제법 큰 키의 나무들이 그늘을 만들어 주어 걷기가 좋다. 나무 사이로 나타나는 하늘과 반짝이는 햇빛은 나무를 위해서도 나를 위해서도 귀한 선물이다.

일년초는 일일이 열거할 수가 없이 많다. 군식 하여 꽃피운 예쁜 꽃들은 요즘이 절정이 아닐까 싶다. 꽃양귀비, 참나리꽃, 금잔화, 비비추(옥잠화의 닮은), 예쁘지 않은 꽃이 어디 있을까? 그중에서 금방 내 눈에 들어온 꽃은 '옥잠화'다.

백합과의 옥잠화는 옥비녀 꽃이라는 뜻인데 이름과 닮은 하얀 꽃은 비녀처럼 보이고 향기도 은은하다. 무엇보다 여고 시절 졸업식 노래에 옥잠화가 들어있어 잊을 수 없는 꽃이기도 하다. 무리 지어 피어있는 옥잠화를 보면서 모든 사물이 기억에서 하나둘 벗어나면 잊힌다는 슬픈 철학을 새삼 느낀다. 외국에서 들어온 색깔도 모양도 화려한 꽃 속에서도 기죽지 않고 열심히 꽃피우는 옥잠화를 보기 위해 이 길을 자주 걸으리라.

벤치에 앉아 보면 공원이 바라보이는 나지막한 구옥들을 재치있게 수리하여 숲이 바라보이게 가게 터를 잡아 영업 중이다. 가게 이름도 모두 특징 있게 붙였다. 먹고 마시는 식당이 주를 이루지만 철길 옆에 살았던 그대로 참기름 냄새가 풍기는 방앗간도 있고, 운수를 보아주는 점집도 자리하고 있다.

주말에 열리는 벼룩시장, 찻집, 오피스텔, 낮에도 작은 전구로 반짝반짝 불을 밝힌 예쁜 점방들. '저 집에 들어가 커피를 마셔야지'하고 눈도장을 찍어 놓은 집도 여럿이다. 서강대 쪽 건널목에는 차단기 옆 철길 위에 서서 양팔을 펴고 떨어지지 않으려고 중심을 잡고 서 있는 소녀가 있다. 소녀는 혼자가 아니다.

맞은편에는 엎디어 철길에 귀를 대고 있는 또래 소년이 있다. '기차가 어디쯤 오나?' 귀를 기울이는 눈이 동그란 소년. 이 두 어린이 조형물을 보고 걸음을 멈추지 않는 어른은 없을 것이다. 그 아이들은 모두의 '나'였기 때문이다.

나이 든 어른들은 장난감이 없던 시절, 기찻길마저도 놀이기구가 되어주던 가난했지만, 가난을 몰랐던 그 시절을 기억할 것이다.

13
우리는 만난다

그녀와 나는 가끔 만난다.

가끔이라면 한 달에 한 번, 아줌마들이 하는 계모임처럼도 아니다. 그러니 정해 놓고 만나지 않는다. 갑자기 의기투합, "그래, 내일 만나"하고 번개 모임처럼 약속이 되면 얼굴을 보게 된다. 꼽아보면 일 년에 대여섯 번 정도가 될까?

지난주에 우리는 극장 앞에서 만나 9시 20분 처음 상영하는 조조 영화를 보았다. 영화의 내용이 우리에게 맞는 것이거나, 요즘은 천만 관객 시대니까 유명세를 타고 있는 영화거나, 무슨 큰 상을 받았다거나 하는 영화는 아니었다. 그냥 대충 봐도 나쁘지 않아 보이는, 오히려 아무 생각 없이, 컴퓨터그래픽쯤 다 이해하며 볼 수 있는 그런 영화였다. 우리가 영화를 함께 보는 것은 만나기 위한 방법의 하나일 뿐이지 굳이 영화를 보기 위해 만나는 것은 아니다. 그녀는 미리 보았음에도 내가 '그 영화'를 보겠다 하면 암말 하지 않고 다시 보아주는(그것도 나중에 내가 알게 되는), 마음 넓은 친구다.

영화가 끝나고 매표소에 가서 또 한 편의 영화표를 끊는다.

이번엔 방화다. 부근의 샌드위치 가게에 가서 아점을 먹는다.

'일찍 시간대에 나오느라 서둘렀지?'

'요즘 특히 아픈 덴 없고?' 영화 상영시간까지의 여유를 누리며 그동안의 안부를 묻는다. 사실 자주 나누는 카톡이 있지만, 눈을 보며 나누는 대화에 비길 수가 있는가?! 부러 안 하려고 하는 건 아니지만, 우리가 하는 공통의 일, '문학'은 대화의 주제가 되지 못한다.

아, 해외 유명영화제에서 여우주연상을 받은 매우 날씬한 여배우와 그 영화를 만든 감독에 관해서 얘기를 나눴다.

배우와 감독은 오래 연애 중, 그들 연애 이야기는 대한민국에서 모르는 사람이 없다. 소문 따위 안중에 없는 그들의 연애 끝은 어디일까?

살아왔고 세태를 볼 만큼 보아왔다고 느끼는 우리 둘은 그 연애에 흥미나 호의를 느끼지 못한다. 이유를 굳이 말해야 하는가?

두 번째 영화를 보고 나면 이른 저녁을 먹을 것이다. 온종일 같이 있어도 되는 친구, 그래서 우리는 만난다.

오규원 시인이 제자들에게 보낸 편지의 첫 시작,
'꽃그늘로 새가 찾아들면 그때 한번 만나자'. 우리도 그러자.
꽃향기로 우리 함께 향기로워지는 그 날까지
친구여, 안녕!

14

시詩가 맺어준 인연

그날, 친구 동네 쇼핑몰에서 구입한 몇 가지 물품을 들고 다니기 불편하여 지방으로 보낼 물건이라 가까운 우체국이 보여서 택배로 보내기로 했다.

찾아간 우체국은 점심시간이라 객장은 한가하였다.

소포 상자를 구입하여 물건을 넣고 주소를 적어 카운터로 들고 갔다.

그 자리에는 담당 직원이 식사시간으로 비운 자리에 우체국장님이 앉아 있었다.

그분은 박스에 적혀있는 주소를 보면서 혼잣말처럼 "내가 아는 분도 정두리라는 이름이 있는데~" 하는 거였다. 내가 놀란 마음을 누르며 "그분은 뭐 하는 분인데요?" 물었다. "아, 네 시인이세요." 그다음은 어찌 되었을까? 시를 읽고 시인을 기억하는 고마운 우체국장의 명함을 받고, 내가 그 '정두리'라고 기쁘게 밝히며 소포를 부치고 우체국을 나왔다. 그 뒤로 신간이 나오면 K 국장에게 보내드렸다.

많은 시집이 발간되고 있으나 주로 시인끼리 나눠보거나 지인들에게 읽어주기를 바라며 기증으로 보내지는 경우가 많다. 쉽게 말하면 시집이 안 팔린다는 말이다. 물론 서점이나 인터넷으로 사는 독자가 있다면 더 바랄 것이 없지만, 애써 책을 만들어 종이를 축내면서 보내주는 시집도 잘 읽어보지 않는 사람들.

시를 읽고 시인의 이름을 기억해주는 고마운 독자인 사람에게 시집을 보내는 것은 즐겁고 보람 있는 일이 아닌가. 그동안 K 국장은 인사이동으로 다른 지역의 우체국장으로 옮기게 되었지만, 나의 카톡에는 그분의 연락처가 수록되어 있다.

짐작은 하셨겠지만, 단아한 모습의 그분은 여성 우체국장님이다.

'우리 조카가 동시를 잘 써요. 이번 백일장에서도 상을 받았답니다. 이다음에 정두리 같은 동시 잘 쓰는 시인이 되고 싶다고 해요.'

낯선 번호가 뜨고 그분과 나눈 첫 통화 내용을 지금도 기억한다.

남동생이 정두리 시인을 아느냐고 물어서 '알아보마'라고 하고, 문인 주소록에서 나를 찾아 전화를 걸어주신 거였다. 그분은 출판사를 운영하고 계셨던 J 사장님.

이제 밝히자면 사장님과는 그때부터 시작하여 지금까지 가까운 사이로 지내고 있다. 사장님과의 우정의 다리를 놓아준 한때 시인을 꿈꾸었던 조카는 이미 다른 공부로 대학을 졸업하였고, 그때의 이야기를 꺼내면 빙긋 웃기만 한다고 했다.

시인과 출판사 사장은 어쩌면 가까울 수 있는 관계일 수도 있지만 내가 시를 쓰지 않았다면, 시를 읽고 나를 기억한 조카가 없었다면 우리는 아직도 만나지 못했을지도 모른다. 사회에 기여하는 마음으로 30년 넘게 출판사를 운영해오는 사장님과의 우정은 앞으로도 이어질 것이다. J 사장님도 여성분이시다.

시가 밥이 되어주지 못하는 현실이지만, 시가 고맙다. 시가 이어준 인연의 귀한 내력을 밝히면서 가슴 따뜻해지고 행복해진다.

에세이 2

01
'밥'이 되는 일

엄마는 붉은 흙을 다져서 인절미처럼, 아니 쿠키처럼 만들고 있었어요. 아이는 휑하니 큰 눈으로 그것을 지켜보고 있었고요. 엄마의 눈도 물을 퍼내고 비워진 우물처럼 컴컴하게 물기 없이 그냥 크기만 했어요.

그들의 몸은 여윌 대로 여위어 팔과 다리가 가느다랗고 아무렇게나 걸쳐 입은 옷 사이로 갈비뼈가 드러나 보였어요. 그 집 식구들을 비롯하여 마을 사람들은 벌써 며칠째 아무것도 먹지 못했어요. 배가 고플 때 뱃속에서 나는 꼬르륵 배 울음소리도 이젠 나지 않아요. 그 소리마저도 먹을 것이 없다는 걸 알아버린 것일까요?

말할 수도 울 수도, 움직일 기운도 없어진 아이를 보다 못한 엄마는 흙으로 쿠키를 빚게 되었지요. 무엇이라도 목으로 넘겨야 했으니까요.

아이가 사는 마을은 오래도록 비가 내리지 않았고, 그래서 풀도 나무도 자랄 수 없는 버림받은 땅이 되어가고 있었어요. 엄마가 만든 흙 쿠키를 먹고 아이는 배가 끓어오르고, 종내에는 병들어 세상을 떠나게 되겠지요.

가뭄과 굶주림으로 죽어가는 아프리카 사람들의 모습을 이렇게 텔레비전에서 보여주고 있었어요. 살을 빼기 위해 시간과 돈을 투자하는 사람들이 있나 하면, 이렇게 배고픔으로 절망의 나날을 사는 우리의 이웃. 우리가 함께 사는 세상 어딘가에 먹을 것이 없어 죽어가는 사람들이 있다는 것을 얼마나 알고 있나요? 안 되었다는, 딱하다는 뜻으로 '츳츳' 혀를 차는 정도인가요? 정말 그들에게 흙이 '밥'이 될 수 있고, 쿠키도 되고 빵도 되었으면 얼마나 좋을까요?

어느 분이 말씀하셨어요.
"나는 '밥'이 되고 싶다"라고요. 그분이 말한 밥은 무엇일까요?
우리를 살게 해주는 생명의 원천이 되는 밥. 다른 이를 위해 그렇게 밥이 되어주는 삶을 살고자 했던 분이셨지요. 밥보다 귀한 것이 있을까요? 밥, 밥! 불러보면 따뜻한 김이 오르는 밥 한 그릇이 떠오르지요.

반찬은 신경 쓰지 않고 그저 밥그릇 뚜껑이 그들먹하게 수북이 담긴 밥. 갓 구워내어 더운 김을 식히고 있는 말랑말랑한 빵. 익숙한 밥 내음과 구수한 빵 내음은 나도 모르게 입에 침이 고이게 하지요. 그렇지요, '밥'처럼 고마운 것이 또 있을까요?

청미래덩굴, 망개나무, 또는 명감나무라 불리던 나무가 자기도 '밥'이 되고 싶다는 말을 처음 했을 땐, 솔직히 우스웠어요.

"밥이 된다는 일이 아무나 할 수 있는 일인 줄 알아?"

"그 말이 멋지게 들렸나 보네?"

여기저기서 수군거리는 비웃음을 받는 게 당연했지요. 그러나 망개나무의 결심은 그냥 멋으로 해본 소리가 아니었더라고요.

그 나무는요, 가을이 되면 빨간 열매를 매달아 꽃과 잘 어울리는 꽃꽂이 재료로 손꼽히고요, 윤기 흐르는 동그란 잎을 말아 근사하게 피리를 불어주는 아저씨도 있었어요.

"그러면 된 거 아냐, 뭘 더 바라?"

아까시나무의 여린 잎을 꺾어 나물로 무쳐 먹어 보았어요? 원추리, 벌개미취도 먹을거리가 된다는 것도요. 봄에 돋아나는 수백 가지 들풀도 사람에게 도움을 줄 수 있다잖아요. 나라고 그만 못 할 것 같아요? 나도 뭔가 달라지고 좋은 일을 해보고 싶어요.

그 말은 '밥'이 되는 일을 해보고 싶다는 뜻이었지요.

부지런한 아저씨가 찰떡 한 덩어리를 허리춤에 달고 산에 나무하러 갔어요. 숲에는 하늘이 손수건만큼, 어느 길에선 보자기만큼 보였어요. 빼곡한 나무들 사이로 햇살은 눈부시게 쏟아졌지요.

"저 좀 봐요, 나예요!"

망개나무가 반짝이는 손바닥을 흔들며 아저씨를 불렀어요. 아저씨는 나무 곁에 앉아 찰떡을 꺼내어 참으로 먹었어요. 절반은 남겨 망개나무 잎으로 꼼꼼히 싸두었지요. 망개나무 잎은 떡을 시지 않게 그대로 지켜주었지요.

집으로 돌아온 아저씨는 망개 잎으로 떡을 싸기 시작했어요. 하얀 찰떡을 조그맣게 빚어 동그란 망개 잎으로 싼 아주 맵시 있는 떡이 되었지요. 잎에서 나오는 향내는 떡의 맛을 더욱 특별하게 했고요. 손으로 집어 먹어도 되는 편리한 떡이기도 했지요.

"참, 예쁘고 맛있는 망개떡!"

"이 떡은 한 끼 밥이 되고도 남겠네."

망개나무는 이제 소원대로 '밥'이 되었네요.

'밥'이 되는 일은 어렵지만 쉬운 일이기도 했지요.

02
산딸나무 꽃 이야기

그때 나무는 그 땅에서 제일 키가 크고 탄탄한 나무였습니다. 수피樹皮는 또 얼마나 윤기 나고 아름다웠는지 몰라요. 솜씨 좋은 장인의 손끝에서 나무는 의걸이가 되거나 식탁이 되어 사람들의 눈길을 한목에 끌었고, 보는 사람들 모두 욕심나게 했지요.

"나, 저 옷장 꼭 갖고 싶어."

"저 나무로 튼튼한 책걸상을 만들어 가졌으면."

사람들이 그런 말을 할 때마다 나무는 우쑥우쑥 자라 그들을 내려다보았어요.

'난, 키가 더 자랄 수 있어. 더 멋진 나무가 될 수 있지.'

소리 내어 말하지 않았지만 그렇게 으스대며 잘난 척할 때도 많았답니다.

어느 날이었어요. 관가에서 죄인을 매달기 위해 나무를 구하러 관원들이 나왔습니다.

튼실하고 미끈한 나무는 그들의 눈에도 확 뜨이고 남았지요.

"이 나무가 딱이로구만."

나무는 싫다고 손을 내저을 사이도 없이 베어지고 말았습니다. 나무는 십자가 형틀이 되어 어느 청년의 어깨에 올려졌습니다. 청년은 이미 지쳐 있었고 몸에는 매질을 당하여 핏자국이 선명하였습니다. 죄인으로 불리는 그는 십자가를 지고 자신이 죽음을 당하게 될 가파른 언덕을 오르기 시작했습니다. 주변에 많은 사람이 그 모습을 지켜보고 있었고, 그들 중에는 청년을 무시하고 비웃는 사람들도 있었습니다. 그는 힘에 부쳐 처음으로 넘어집니다. 그가 자신의 어머니를 만났을 때, 어머니는 아무 말도 하지 못하고 그를 쓰다듬었습니다. 그는 자신이 어머니를 아프게 하는 아들임을 아파합니다. 그를 믿고 좋아하지만 아무런 힘이 될 수 없었던 안타까운 이가 십자가를 대신 지려고 나섰을 때, 한 아낙이 다가와 수건으로 땀과 피로 얼룩진 그의 얼굴을 닦아주는 모습을 나무는 다 보았습니다. 시간이 지날수록 지쳐서 넘어지고 또 넘어지는 그를 보면서 십자가가 된 나무는 처음으로 자신이 밉고 싫었습니다. 할 수만 있다면 멀리 도망가고 싶었습니다. 무엇보다 여태 잘난 척했던 것이 부끄러워 견디기 힘들었습니다.

"나는 나쁜 나무야. 나보다 작은 나무들을 업신여기고 얕본

나무였어. 동네 안길에 있는 아가 웃음소리 새어 나오는 낮은 집의 생울타리였으면 얼마나 좋았을까, 차라리 여름내 피었다 지는 메꽃이거나 장독대 옆에서 자라는 봉선화였다면……."

키 큰 나무는 그렇게 자신을 탓하며 가슴을 쳤습니다. 십자가를 지고 언덕을 오른 청년은 마침내 옷이 벗겨지고 십자가 형틀에 못 박혔습니다. 나무는 소리 내어 울고 말았습니다.

"울지 마라, 괜찮아. 나는 너와 함께 할 것이다."

청년은 울고 있는 큰 나무 십자가를 달래 주었습니다. 나무는 그를 차마 바로 볼 수 없어 눈을 감았습니다. 그는 십자가에 못 박혀 죽음을 당하고 나무도 그와 같이했습니다. 꿈에서처럼 사흘 만에 살아난 그는 나무도 다시 태어나게 해주었지요.

먼저 우쭐거리며 자라던 키를 알맞게 줄여 주었습니다. 또다시 누군가의 십자가가 되지 못하게 그래서 울지 않도록, 가지와 줄기가 얽히며 자라게 하였지요. 그리고 열십자 모양으로 꽃을 달게 해주었답니다. 네 개의 꽃 떡잎을 십자가 모양으로, 가시와 꽃의 수술은 왕관을 의미하도록 하였어요. 가을에 달리는 빨간 열매는 청년이 흘렸던 피의 모습인 것을 알게 하였지요. 이 모든 변화는 나무를 놀라게 또 기쁘게 하였답니다.

이제 나무는 옛날의 그 잘 생기고 키 크고 뻣뻣한 자랑 덩어리 나무가 아닙니다. 잘못을 반성하고 후회할 줄 아는 키 큰 나무였을 때 보다 더 멋진 '자기 자신의 마음에 드는' 나무가 되었습니다. 사랑이 깊어야 할 수 있는 '십자가를 진다'는 일을 알고 있는 나무, 그리고 십자가는 오로지 사랑을 지는 것이라는 것도 알게 되었지요.

　지금 사람들은 그 청년이 누구였는지, 산딸나무로 다시 태어난 몸 바뀐 십자나무가 무슨 의미인지, 아는 이는 알고 모르는 이는 모르는 채 살아가고 있습니다. 사실 그것은 그리 중요한 일이 아닌지도 모릅니다. 이제 나무는 늦은 봄에서 초여름까지 부지런히 꽃을 피웁니다. 상앗빛 꽃받침 네 개, 그 속에 덜 익은 딸기 같은 초록색 꽃을 세워서 피우는 산딸나무 꽃, 그 나무를 가만히 올려다봅니다. 아무리 그래도 나무의 키는 높다랗습니다. 그래도 까치발로 서면 나무의 꽃받침은 만질 수 있습니다. 꽃을 감싸는 부드럽고 촉촉한 꽃받침을 귀하게 어루만져 봅니다.
　"나무야, 산딸나무야! 몸이 바뀌는 아픔을 잘 견디었구나."
　"나의 아픔은 아주 작은 것이었어." 대답하듯 잠깐 흔들리는 나뭇가지.
　십자나무가 산딸나무 된 얘기는 이젠 오래된 이야기가 되었습니다. 그렇지만 듣는 이에 따라선 늘 새로운 이야기입니다.

03
산토닌의 추억

그땐 봄이나 가을을 택해, 일 년에 한 번 날을 잡아 구충제를 학교에서 먹었어요. 회충을 없애는 일이 국민 보건의 첫걸음이라 여기던 때에 구충제를 제대로 먹을 수 없는 가난이 보편화된 시절이기도 했지요.

요즘 같으면 참 우습다 싶고 그럴 테지만, 당시 학교나 우리에겐 큰 행사였어요. 우리가 먹었던 하얗고 동그란 약은 '산토닌'이라는 이름의 구충제였지요. 약을 먹기 전 공복이어야 하는 건 아마도 약효를 최대한 크게 보아야 한다는 뜻이었겠지요?

전날, 담임선생님은 단단히 당부하셨어요. 아무것도 먹지 말고 빈속으로 학교에 와서 선생님 보는 데서 약을 먹어야 한다고 다짐하셨지요. 약이 목에 걸려 넘기기 어려워서 '꽥꽥' 구역질을 하는 아이도 있고, 약 먹기 싫어 슬쩍 버리는 아이도 있었기 때문에요.

아이들 중에 종종 배가 아프다고 하면 '횟배 앓는다.'고 하거나, 얼굴빛이 노란 아이들이 더러 있어 회충 있는 아이로 지목되기도 했던 그런 때니까, 구충제 먹기는 꼭 필요한 일이기는 했어요. 우리가 먹는 음식을 회충이 빼앗아 먹게 해서야 되냐고 나라에서 고맙게 공짜로 먹게 하는 거라고 아이들이 모여앉아 아는 체하였어요.

"회충이 머릿속으로 들어가면 죽는데, 회충이 많으면 입으로도 나온데."

참, 듣기 거북한 말들이었지요. 실제로 그렇다면 정말 무섭다 싶기도 했어요.

내 친구 정희 얘기를 해야겠어요. 정희는 우리 집과 이웃한 곳에 살아 친해진 친구였지요. 뒷머리를 높이 쳐올리고 양옆 귀밑은 단발인 정희는 작은 눈이 반짝반짝 영리해 보이는 실제로도 공부 잘하는 친구였어요. 하고 싶은 게 많은 '하고잽이'였고요. 고무줄놀이며 땅따먹기며 남자애들이 하는 딱지놀이와 자치기 등 못 하는 게 없는 친구였어요.충청도 어딘가가 고향이지만 아버지 직장 따라 자리 잡은 곳이 우리 동네였지요.

구충제 먹는 날 아침, 아무것도 먹지 말라는 선생님 말씀을 나는 어기고 말았어요.

학교 가는 시간 동안이면 다 소화가 되어 빈속이 된다는, 쬐끔만 먹으라는 할머니의 말을 뿌리치지 못했기 때문이었어요. 할머닌 손녀가 굶는다는 걸 받아들이지 못하셨고요.

사실 핑계를 대면 그날따라 엄마가 석쇠에 구운 갈치구이 때문이기도 했지요. 그런데 어떻게 해요, 그런 나를 정희가 보았기 때문이지요.

"나, 한 젓가락밖에 안 묵었는데"

나의 민망스러운 말에 정희는 먼저 "암말 안 할게" 걱정 말라며 손가락을 걸었어요. 그랬지만 학교 가는 길이 마뜩잖았지요. 우리는 평소와 달리 별말 없이 학교에 도착했어요.

산토닌과 물 주전자를 교탁에 놓고 선생님은 말씀하셨지요.

"다들 아침 안 먹었제!"

"예에~."

반 아이들은 합창으로 대답했고, 어느 친구는 "물만 먹었어요." 하기도 했지만 나는 어느 쪽에도 끼일 수가 없었어요. 그때였지요. 발딱 일어난 정희가 "선생님, 두리는 밥 먹었어요. 내가 보았어요!" 하고 말했지요.

그날 나는 산토닌을 먹지 못했고, 선생님의 꾸중을 삼켜야 했지요. 정희가 입 다물고 약속을 지켰으면 산토닌을 먹을 수 있었을 테지만, 그다음은 또 어떤 일이 생겼을까 궁금한 부분이기도 해요.

선생님이 반 친구들 앞에서 공개적으로 했던 나무람보다 정희의 '고자질'에 마음 아팠던 것은 어렸던 내가 겪은 첫 '어김' 때문이었을 거예요. 그 이후로 새끼손가락을 거는 약속을 두려워하게 되었지요. 요즈음은 새끼손가락 걸고, 도장 찍고, 복사하고, 전송, 보관까지 한다지요? 그만큼 다짐이 필요한 건, 약속을 지키기 어렵다는 뜻이 아닐까요?

초등학교 때 친구 김정희, 그는 지금 어디서 살고 있을까요? 어렸던 내게 '약속의 의미'를 여러모로 생각하게 한 그 친구가 기억납니다. 이번 봄에 구충제를 먹을 때 정희가 떠오르는 걸 보면, 산토닌은 구충제가 아니라 영양제가 되어 나를 키우고 어른이 되게 했는지 모릅니다.

04

숲정이 새의 짧은 외출

우리들은 성당 앞마당에 나와 모여 놉니다. 둥지는 성당 뒷산이고요. 우리는 가슴께가 노릇노릇한 노랑 새랍니다. 사람들은 우리를 보고 '노랑 새' 혹은 '노랭이 새'라고 불러주지만 뭐 크게 불만은 없답니다. 사실 우리 이름은 '숲정이 새'이지만 이름 따위야 아무려면 어떤가요? 만일 누군가 '숲정이 새야!'하고 크게 불러준대도 한꺼번에 고개를 돌려 보아야 할 테니 그것도 복잡해질 일이니까요. 암튼 우리는 이곳을 떠나 본 적도 없으니, '우물 안 개구리'가 아니라 '숲속 안 숲정이 새'가 되어있었어요.

그래선지 우리는 이곳에서 일어나는 일은 죄 꿰고 있답니다. 이틀 전에는 결혼 미사가 있었지요. 그런 날은 작은 성당 마당이 사람들로 북적이지만, 우리도 궁금해서 가문비나무 숲에서 고개를 갸웃대다가 그만 참지 못하고 겁 없이 마당 가까이 다가가기도 하지요.

"얘 봐라, 노랑 새가 왔네. 니들도 결혼식 구경하려고 왔니?"

마음씨 좋게 생긴 통통한 아주머니가 한복 치마꼬리를 걷기 편하게 말아 쥐면서 말했습니다. 그렇지만 이렇게 축하와 박수를 받는 화사한 혼인미사보다는 우리가 궁금하고 안쓰러운 것은 장례미사 때가 아닌가 싶어요.

얼마 전 얘기를 하지 않을 수가 없네요. 그날은 유난히 어둡고 칙칙한 날이었어요. 그런 날은 아주 낮게 날아 땅의 흙냄새를 맡아보고 곧 비가 올 낌새를 알아내거나, 아예 하늘을 가린 숲에 파묻혀 편하게 쉬거나 하는 것이 우리들 버릇이랍니다.

"엄마아! 엄마……"

울부짖는 어린아이 목소리가 들리지 않겠어요? 우리는 푸듯 푸드덕 일어났지요.

'아니, 이게 무슨 소리야?'

우리는 소리 나는 곳을 향해 새 걸음으로 다가갔어요. 열 살쯤 되었을까요? 사내아이가 숲길 입구에 쪼그리고 앉아 있었어요. 그 아이의 얼굴은 창백했고 눈이 붉어져 있었지요. 우리는 보았어요. 너무 큰 슬픔은 눈물까지 마르게 한다는 것을요.

그날 장례식은 너무 쓸쓸했어요. 엄마의 친구 몇 사람과, 진영이라는 사내아이가 엄마 사진을 가슴에 품고 행려 차에 올랐어요.

"리나 씨, 저 아들 때문에 눈을 못 감았을 거야. 남편 잃고 자식하고 사느라고 애쓰더니, 진영이는 시골 친척네로 가야 하나 봐."

어떤 분이 딱하다는 듯이 말했어요. 우리는 그날 하루를 어떻게 보냈는지 모르겠어요.

"우리가 저 아이를 도와줄 순 없을까?"

"슬픈 것은 아픈 거로구나. 저 아이를 보는 게 가슴이 아파."

우리는 자신의 느낌을 가만가만 말했습니다. 그날 이후 우리는 조금씩 변하고 있었어요. 변한다는 것은 보이는 것으로 알 수 있는 일이지만, 사실은 보이지 않는 마음속에서부터 일어나고 있는 일이니까요. 우리 중에 제일 용감한 숲정이 새가 이곳을 떠나 볼 생각을 하게 된 것도 그래서일 거라 여겨져요.

"얘들아, 이리 와 봐. 어제 내가 어디 갔다 왔는지 알아!"

우리는 모두 동그란 토끼 눈이 되어 바투 앉았지요.

"뭐? 뭐? 그래서?"

용감한 숲정이 새는 너무 하고 싶은 말이 많은지 먼저 가슴부터 쓸었습니다.

"나 말이야, 시내 한복판까지 날아갔었다! 눈이 튀어나올 듯 많은 차들, 그 차들이 뿜어내는 그을음은 무서웠어. 친구가 될 수 있을까 하고 광장에 있는 비둘기 틈에 끼어보려다가 쫓겨나온 일은 생각조차 하기 싫어. 그래도 이 말은 꼭 해야지. 이봐,

친구들! 말은 안 했지만, 이곳이 답답해서 떠나고 싶었던 적이 있었지? 우리가 뭔가 싶고, 별 볼일 없이 산다고 느낀 적도 있었지? 우린 이 숲에서 살아야 해, 오래도록."

우리 모두의 눈을 맞추어 가며 힘 있게 말하는 씩씩한 숲정이 새는 정말 의젓해 보였어요. 우리의 마음을 헤아릴 줄 아는 것이 더 대견했고요.

"이 숲에 우리가 사는 건 사람들에게도 희망이 될 수 있을 거야"

우리는 그 말을 믿는다는 박수를 크게 쳐 주고 있었습니다.

어느 날의 이야기

좀 이르게 더위가 찾아온 날이었어요. 아직은 더울 때가 아니다 싶었는데 날씨는 한여름처럼 덥게 느껴졌어요.

종점에서 출발한 좌석버스가 5분 후면 도착한다는 정류장 전광판의 안내 목소리가 들렸어요. 그 소리가 기다림에 여유를 주었고, 버스가 도착하자 우르르 네 사람이 차에 올랐지요.

버스 속은 조금 덥다 싶었지만 그래도 뭐 견딜 만했어요. 버스가 부르릉 출발하려고 할 때였어요. 오른팔을 흔들며 헐레벌떡 뛰어오는 아저씨가 있었어요. 버스를 놓칠까 봐 숨차게 달려왔나 봅니다. 더운 날씨 탓인지 얼굴이 불그레해 보였어요. 이제 차는 출발을 합니다.

두어 정거장쯤 지났을까요, 누군가 큰 소리로 말했지요.

"기사 양반, 에어컨 좀 켜요!"

사람들이 많이 탄 탓이거나, 기온이 더 오른 걸까요? 좀 덥다 싶었어요.

이건 내 생각인데요, 아마도 조금 전 버스를 놓치지 않으려고 뛰어온 아저씨 목소리가 아닐까 하는 생각이 들었어요. 누런 서류 봉투를 들고 탁탁 부채질하다가 터져 나온 말인 듯했으니까요. 조금 지나니 내 머리 위쪽으로 솔솔 시원한 바람이 다가왔어요. 기사 아저씨가 에어컨을 가동했나 봅니다. 아, 그래 이렇게 시원해야 해. 버스 속 손님들은 모두 그렇게 느끼는 듯했습니다. 그동안 내리는 손님 타는 손님을 싣고 버스는 달렸어요.

"기사 아저씨, 에어컨 꺼요!"

설핏 잠이 들었나 했는데 큰 소리에 놀라 정신이 번쩍 든 것이에요. 버스 속 손님들은 약간 술렁거렸어요.

"추워 죽겠네, 이제 그만해도 되잖아"

구시렁거리는 말도 들렸어요. 에어컨을 끄라고 하는 사람과 끄면 안 된다는 사람으로 작은 버스 안은 자연스럽게 둘로 갈라지고 있었어요.

참, 놀라웠어요. 짧은 순간임에도 그렇게 사람들의 마음이 나뉘진다는 것이요. 여기저기 이쪽저쪽에서 제각각의 말들이 튀어나왔어요.

드디어 기사 아저씨가 뒷자리까지 들리게 우렁차게 말했어요.

"허 거 참!! 어쩌라고요? 듣자 듣자 하니, 이렇게 모두 자기 생각만 한다니깐!"

순간 버스 속의 사람들은 꾸중 듣는 학생들처럼 조용했어요.

'자기 생각만 하는~' 이 대목에서 자기 가슴 속을 열어 보인 듯해서 아무 소리도 할 수 없었나 봐요.

그날 에어컨은 어떻게 되었냐고요? 덥다 싶으면 에어컨이 돌아가게, 그렇지만 아주 시원하지는 않게, 더위를 타는 사람은 약간 감질나는, 찬 바람이 싫은 사람은 그만하면 되었다 싶게 해주었지요, 기사 아저씨가요. 아무도 불평하는 사람이 없었어요.

버스는 언제라도 내릴 수 있는 자리였으니까요. 아니지요, 자기들 생각만 하는 사람이 되고 싶지 않았기 때문이지요.

황금 가슴을 가진 새

06

금金! 하고 불러보면 담박 어떤 물건이 떠오르는가요?

금가락지, 금목걸이, 금팔찌 아니 금송아지도 있다고요?

그래요, 금으로 만들어진 물건이면 사람들은 관심을 갖거나 좋아들 하지요.

그것들의 특징은 우선 '누렇게 빛난다.'고 표현할 빛깔과 '비싸다'라는 가격으로 인정되는 데 있어요.

'금값이 오르고 있다.'라는 뉴스는 뭔가 좋아지지 않고 있다는 말이라고 해요.

'금값이야!'라고 하는 말은 실제 제값보다 더 높이 친다는 뜻이기도 하구요.

언제부터인가 이렇게 금金은 사람들의 눈길을 끌게 되었지만, 정작 그것을 넉넉하게 지닌 사람은 일부에 지나지 않는다는 것이 금값을 자꾸 오르게 만드는 것이지요.

그 사람들은 어지간해서는 금을 밖으로 내지 않으려고 하고 더 많이 갖기를 원하지요.

아무리 좋아해도 금은 화수분이 될 수 없는 물건이기도 하구요.

박 씨 아저씨가 누런 금색 시계를 차고 모임에 나오셨어요.

팔을 움직일 때마다 셔츠 소매 끝 부리에서 시계가 보일락 말락 했어요.

아저씨는 부러 무심한 척했지만, 사람들의 눈길을 끌기엔 충분했지요.

"와, 저 시계 금시곈가?"

"돈 많이 벌었다는 소문이 맞나봐."

경숙이 아줌마는 회갑 때 자식들이 돈을 모아서 선물한 금목걸이를 걸고 나갔다가, 나쁜 사람에게 낚아채듯 빼앗겼다고 하더군요.

"아 글쎄, 귀신같이 뽑아갔대."

"그게 어떤 목걸인데, 돈을 주면 그냥 써 버린다고.

우리 아이들이 적금 넣어 만들어 준 건데."

아줌마는 너무 속이 상해서 아직도 마음을 앓고 계세요.

"금은 냄새가 난대, 멀리서도 가짠지 진짠지 척 알아보는 눈이 있다는구면."

그런 소문처럼 금은 점점 깊숙이 숨어야 했어요.

사실 누런 금장식을 두르고 다니는 사람을 멋쟁이라고 부르지 않는 탓도 있을 거예요. 원래 금의 고향은 땅속 깊은 곳이기도 하구요.

아기가 첫 돌 때 받은 작은 금반지도 그날 생일상에 잠깐 놓였다가 곧 엄마의 서랍으로 들어가게 될 거예요.

"이다음 네게 꼭 필요할 때 꺼내마." 하고요.

햇살이 금실을 풀어놓은 듯 반짝이는 날, 숲에서는 오래도록 새 소리가 들렸어요.

'쓰쓰쯔 비잇비잇' 부지런한 새가 '큰멋쟁이 나비'를 부르는 소리일까요?

아니면 숨겨 놓은 먹이를 찾느라고 이리저리 숲을 뒤적이고 있는 걸까요?

'씨이씨이 쯔쯔쯔' 새 소리는 계속 들려옵니다. 포로록 날갯짓하는 소리도 들립니다. 오호라 그 새는 곤줄박이였어요.

참새보다 작은 몸매를 가진 영리하고 귀여운 새. 곤줄박이는 무엇보다 사람을 믿고 따르는 새이지요. 곤줄박이가 자꾸 산벚나무 주위를 맴도는 것이 무언가 일을 벌여놓은 듯했어요. 그랬어요, 나무 몸통에 숨어 나무 살을 파먹는 벌레를 꺼내기 위해 그렇게 힘을 쓰고 있었던 거였어요.

작은 새가 그 작은 부리로 콩콩 나무껍질을 긁어내고 둥글게 홈을 만들었으니 얼마나 대견한지요. 사람들이 몰라 그렇지 곤줄박이가 나무를 지켜 온 것은 아주 오래전부터랍니다. 오래오래 전에 이 사실을 아셨던 '큰 어른'은 '고운 줄과 무늬가 박힌 새'라는 예쁜 이름과 또 한 가지 큰 상을 내리셨지요.

"작은 몸으로 네가 숲을 지켰으니, 세상 사람들이 좋아하는 황금빛 가슴을 상으로 주겠다." 하셨어요. 큰 상을 내리시던 날, 그 자리에 사람들은 아무도 참석하지 않았습니다. 어쩌면 그렇게 된 일은 곤줄박이에겐 다행일 수도 있는 일이었지요.

새는 자기의 가슴에서 황금빛이 나는 줄도 모르고, 오늘도 신나게 숲을 들락이며 놀고 있어요. 햇빛을 받아 예쁘게 반짝이는 가슴을 자랑하지도 숨기지도 않았답니다.

07
'진순이'라 불리는 개

내 이름은 진순이랍니다.

"뭐라고요? 진순이, 그거는 사람 이름 아이가?"

그래서 어떤 분은 의아스럽다는 얼굴이거나 혹은 가소롭다는 표정이 되기도 하지요. 대체로 이름에도 연대가 느껴지는 것이 할머니 나이 때는 일제 강점기 후유증으로 싫고 좋고를 떠나 얻게 된 끝 자가 '자'인 이름이 많고요, 그다음 대에는 숙이나 순, 또는 희로 이어졌지요.

예쁜 우리말로 이름짓기가 유행이더니 요즘은 설명을 들어야 알게 되는 이름까지, 이름의 변천사를 얘기하자면 이 자리가 모자랄지도 몰라요.

어찌 되었건 나는 생후 2년이 못 된 진돗개랍니다.

개 주제에 무슨 사람 이름으로 불리냐는 분을 만나면, 죄송한 느낌보다는 진순이란 이름을 붙여준 식구들 등 뒤로 얼른 숨어 버리고 싶어지지요.

우리 집 식구들은 진순이라는 이름을 모두 좋아하니까요.

내가 아인이네 식구가 되던 날 저녁이었어요.

"엄마, 너무 이쁘다. 요 까만 눈 좀 봐. 구슬 같아!"

"고놈, 안 크고 고대로 있으면 예쁘겠네."

식구들이 모두 한 마디씩 떠드는 바람에, 낯선 곳에 와서 어리 둥절해진 나는 더 멍청한 얼굴로 납죽 엎드려 있었지요.

"이리 와, 암컷인가, 수컷인가 좀 보아야지."

삼촌이 큰 손으로 나를 덥석 집어 올렸어요.

"아구아구, 이놈 좀 봐. 이런 무례한 것!"

글쎄 이게 웬일이랍니까, 너무 놀란 탓인지 나도 모르게 그만 실례를 했지 뭡니까?

이건 절대로 나쁘게 마음먹고 그런 건 아니었어요.

잘생긴 삼촌한테 처음부터 잘 보이고 싶었는데 이런 실수를 하다니요.

너무 당황해서 저지른 실수였다니까요.

"에이, 찜찜해!"

삼촌은 나를 팽개쳤어요.

'깨애앵'

나는 아픔을 참느라고 끙끙거렸지만 터져 나오는 비명은 어쩔 수 없었어요.

"왜 그래 삼촌! 이 개는 아직 아기 개란말이야. 놀랬구나. 아유 가엾어. 벌벌 떨고 있잖아."

아인이는 나를 꼬옥 안아 주었어요. 놀라고 두려워서 내 가슴을 쿵쾅거렸어요. 눈앞이 캄캄했고요.

사실 제가 이 집에 오게 된 건 아인이가 이모라고 부르는 엄마의 친구가 저를 이곳으로 보냈기 때문이랍니다.

아인이가 저를 한번 보고 난 뒤 저를 키우겠다고 자꾸만 졸랐다고 하네요.

그래서 그런지 아인이가 안아 주니까 은근히 안심되는 거 있죠?

"엄마, 우리 강아지 이름 지어 주세요, 네?"

나는 이름 따윈 아무렴 어떠냐 싶었어요. 그저 좀 가만히 있게 해주면 좋겠다

싶었지요.

"그 개는 '싸아개'라고 해버려!"

삼촌이 큰 소리로 말하고 나를 업신여기며 기를 죽였어요.

내가 오줌을 쌌기 때문에 오줌싸개라는 뜻일 테지요. 아인이는 내 등을 토닥이면서 말 했어요.

"괜찮아, 삼촌은 장난으로 그러는 거야. 네 이름 다롱이가 어때? 내 친구 강아지는 아롱인데, 널 다롱이로 부를래"

아인이가 내게 물었지만 나는 아무 말도 할 수 없었어요. 조금 더 친하게 되면 무어라고 속마음을 나타낼 수 있을 텐데요.

아까부터 신문을 보시던 아빠께서 아인이 이야기를 들으셨는지.

"그 강아지는 진돗개니까 고향인 진도의 진자에다 암컷이니 순자를 붙여 진순이라 부르지 그래" 하셨어요.

"그래요, 진순이! 괜찮네요. 친숙하고 순박한 느낌이 드네요. 아인아, 다롱이는 집안에서 기르는 개 이름으로는 어울리지만, 크고 씩씩해질 우리 개는 그런 이름이 안 어울려."

엄마의 말씀에 반대 없이 그날로 나는 진순이라 불리게 되었지요.

대문에서 '진순아!' 부르는 소리가 들리거나 뒤란에서 신발 소리가 나면 나는 잽싸게 뛰어갑니다. 아인이가 밖에서 놀다 들어오는구나, 엄마가 고추장 뜨러 나오시는구나 하고요.

나는 이제 식구들의 발소리랑 냄새까지 다 알아낼 수 있게 되었으니까요.

그만큼 우리는 서로 가까워진 사이가 된 것이죠.

지난가을엔 이런 일이 있었답니다.

손님으로 온 어떤 꼬마가 던져준 음식을 잘못 먹고 고생을 했던 일이었지요.

아휴, 그때를 생각하면 지금도 진땀이 나는 듯해요. 부끄럽기도 하고요. 꼬마가 던져준 것을 너무 얕본 것이 잘못이었어요.

나의 튼튼한 위장으로 너끈히 소화 시킬 줄 알았던 거죠.

큰 길가에 있는 동물병원에는 삼촌이 안고 갔대요. 난 그것도 나중에 알았지만요. 기운 없이 축 늘어진, 무거울 대로 무거운 나를 안고 갔다니 죄송한 마음뿐이랍니다.

이제는 누가 보아도 씩씩한 진돗개의 틀이 박혔는데 그런 모습을 보여주다니, 에이~.

어쨌든 마취 주사도 맞아야 했고 수술도 받았지요.

나흘 동안 입원을 했으니까요. 그 나흘 동안 하루도 거르지 않고 아인이는 나를 보러 왔어요.

"선생님, 우리 진순이 죽 먹었어요? 울지 않았어요?"

아인이는 동물병원 의사 선생님께 궁금한 것을 자꾸자꾸 물었습니다.

나는 아인이를 보고 꼬리를 흔들었어요.

'끄으응, 난 괜찮아, 아인이가 보고 싶은 거 빼고 끄응.'

아인이는 나를 가만가만 쓰다듬어 주었지요.

"진순아, 조그만 옥수수 심이 배 속에서 널 괴롭힌 거래. 그걸 꺼내지 않았으면 정말 큰일이 났을 거래."

나는 눈물이 날 듯한 얼굴로 아인이를 쳐다보았어요.

병원에 있는 동안 내 또래 개들이 꽤 많이 병원을 찾아오더라고요.

예방주사를 맞으러 온 친구, 설사가 심해서 오는 친구, 발톱이 길어 살 속으로 파고들었다고 온 녀석, 예쁘게 염색하고 한껏 모양내려고 온 친구, 그러고 보니 동물병원이 하는 일이 한둘이 아니었어요.

사실 말이 났으니 하는 말인데요.

미용시켜 달라고 맡겨 놓고 간 강아지한테 넌지시 물어보았지요.

"너 그렇게 모양내고 어딜 가는데?"

"이건 내 뜻이 아니야, 깨끗이 목욕만 시켜주면 바랄 게 없다고."

강아지는 고개를 흔들며 나직하게 말했습니다.

귓바퀴와 꼬리를 잘 다듬어 분홍빛으로 염색을 하고 앞머리를 잡아당겨 고무줄 방울로 묶고 빨강 윗도리를 입고 아줌마에게 안겨 나가는 이름도 모르는 그 강아지는 나한테만 속내를 열어 보였어요.

"도비야, 도비야! 선생님 우리 도비 좀 봐 주세요. 요즘 기분이 몹시 안 좋은가 봐요."

어떤 아줌마가 작고 날씬한 개를 안고 들어 왔어요.

"선생님, 의료보험 안 돼요? 도비한테 돈이 얼마나 드는지 몰라요. 얘가 돈 덩어리라니까요."

도비네 아줌마는 수다쟁이였어요.

나는 도비를 가만히 쳐다보았지요. 도비도 나랑 눈이 마주쳤어요.

도비의 눈에는 슬픔이 가득 고여 있었어요.

"아니 글쎄 우리 아이 할머니는 내가 도비한테 쏟는 정성을 못마땅해한다니까요. 여차하면 내가 저놈보다 못하냐고 푸념이고, 이제는 드러내 놓고 미워해요. 우리 도비, 새끼 낳아 팔면 돈이 얼만데, 노인네는 도비만도 못하면서."

아하! 나는 도비의 슬픔을 금방 알아내었어요.

도비는 주인아줌마가 싫어진 것이었지요.

자기를 돈으로만 생각하는 아줌마가 서운했던 도비, 그래서 좋은 집과 장난감 그리고 맛있는 간식까지 모두 시시하고 싫기만 한 것이었어요.

도비를 기운차게 해줄 약이나 주사가 이 동물병원에 없을 것 같았어요.

지금도 그 도비를 생각하면 내 기분까지 우울해지네요.

오늘 아침에도 비닐봉지와 집게를 든 삼촌과 아인이는 나랑 아침 산책을 나왔어요.

내가 어쩔 수 없이 실례한 것을 삼촌은 비닐봉지에 담아 쓰레기통에 버리고 우리 셋은 긴 골목을 깨우며 뛰었어요.

숨이 찬 아인이가 뒤로 처지면서 날 불렀어요.

"진순아, 진순아!"

나는 진순이라 불리는 아인이네의 진돗개랍니다.

08
민규를 위한 동화

민규의 처음 이름은 주현이었다. 주현이가 민규라는 새로운 이름을 갖게 된 것은 병 때문이라고 해야 옳다.

종아리 쪽이 탁구공만큼 볼록해 보인다 싶어 엄마가 눌러 보면서 물었다.

"주현아, 아프니?"

"아니, 별로"

주현이의 대답이었다. 그렇게 시작된 주현이의 병은 큰 수술을 받게 되었고, 이제는 의사 선생님으로부터 최후의 선고를 받아두기에 이르렀다.

건강할 때 함께 놀았던 친구도, 두 살이 많은 형도, 지금은 아무 힘이 될 수가 없어서 더욱 눈물겨운 주현이.

항암제로 숭숭 빠져버린 머리를 감추느라 챙이 나온 야구모자를 쓰고 다니는 아이.

"왜 나를 보면 울 것같이 쳐다봐요?"

너무 지나치게 예민해진 아이.

"자꾸자꾸 신경질이 나고 짜증이 나려고 해요."

자신의 아픔을 그렇게 표현하며 참아내는 아이.

"엄마, 여럿이 있는 병실에 있을래."

부모의 어려움을 알아내는 아이.

그 아이를 살려내고 싶은 할머니가 지어오신 이름 민규. 그래서 주현이는 새 이름을 얻어 민규가 되었다.

"민규야, 아프지 말고 오래 살라는 네 이름이야."

할머니의 말에 말없이 고개를 끄덕이는 민규.

자전거를 타는 민규를 부르던 엄마는 민규의 대답이 들리지 않아서, "민규야, 주현아!"

더 크게 부르며 다가가 보니 민규가 울고 있는 걸 알았다.

"민규야, 왜 우니, 아파서 그래?"

민규는 고개를 가로저었다.

"이렇게 큰아이가 학교도 못 가고 혼자 노니까 눈물이 나잖아."

민규의 말에 엄마는 아무렇게 신고 나온 운동화 발등이 흔들려 보이더니. 그 위로 눈물이 떨어졌다. P 아파트에 사는 민규, 나이 아홉 살, 근육암과 싸우고 있는 어린 용사. 조금씩 핼쑥해지는 민규를 바라볼 때마다 목에 걸린 금빛 십자가를 향해 기도하고 싶어진다.

"수술하면 낫게 된다. 대학 재수하지 않고 턱 붙으면, 이렇게 학교 쉬고 있는 것쯤 아무 문제도 아니야. 넌 맥가이버처럼 머리 좋고 손재주가 뛰어나니까 어떤 공부가 좋을까? 어이, 민규! 선생님같이 의사가 되는 건 어때?"

회진 때 격려해 주시는 주치의 선생님의 얼굴을 말간 눈으로 바라보던 민규는 그말을 얼마나 믿고 있는 것일까?

병과 싸우고 있는, 어쩌면 그 싸움에서 예상보다 빨리 쓰러질지도 모르는 민규에게 내가 해줄 수 말은 어떤 것이어야 할까? 생각하면 할수록 앞뒤가 막힌 컴컴한 터널 속에 갇혀버린 느낌이 든다.

민규를 만나고 나오는 병원 승강기 안에서 한 무리의 방문객들의 말을 듣게 되었다.

"그 사람 떵떵거리고 살 때가 좋았지. 침대에 누워있으니 영락없는 허수아비지 뭔가.

이렇게 몸 성한 것이 얼마나 다행이야?"

내 식솔, 내 건강을 남의 아픈 고통을 빌미로 삼아 무병함에 만족하고 확인해 보다니 이런 부끄러운 사람들 같으니.

사실 나도 민규가 아니었다면 그런 마음을 먹지 않았을까, 누구 보는 사람도 없는데 자꾸 가슴이 뛰면서 얼굴이 달아올랐다.

사나운 욕심 가득한 사람들이 없는 곳, 천국은 때 묻지 않은 맑은 영혼을 지닌 이들이 사는 곳. 민규야, 우리 모두 꿈꾸는 그곳의 이야기를 해주자. 내 이야기를 듣고 민규는 얼마나 공감해 줄까!

민규를 위한 동화를 쓰는 일, 그것은 내가 할 수 있는 가장 어른다운 일이기도 하니까.

09
스스로 우는 꽃

바람 한 점 없는 더운 날씨.

마을 입구에 있는 큰 나무가 더위도 타지 않고 꽃을 피웠습니다.

멀리서 보면 잎보다 꽃이 많이 달린 듯이 자잘한 꽃 더미를 이고 지고 있는 모습으로 보였어요. 그뿐인가요, 나무 아래는 떨어진 꽃들로 이미 꽃자리가 펼쳐져 있었지요.

그런데 아쉽게도 꽃에서는 뚜렷한 향기를 맡을 수 없었답니다. 아마도 이 많은 꽃이 향기를 품어낸다면 어땠을까요? 세상의 벌들이 정신을 잃고 잉잉대며 날아들겠지요? 나무는 자신의 꽃에게 '향기를 섣불리 풍기지 마라.'고 일러둔 것이 아닐까요?

그래선지 이 나무의 꽃에는 특별한 이름이 따로 있었어요.

'자명괴自鳴愧', 꽃의 이름이에요.

'스스로 우는 꽃이 나무마다 한 송이씩 있다'는 뜻이라고 해요.

꽃은 자기의 말을 들어줄 누군가에게 무슨 말이든 하고 싶을 때가 있지 않았겠어요?

비밀스러운 얘기거나 속상한 사연이거나요. 그런 말을 털어놓다 보니 자기도 모를 설움에 울음이 터졌을지도 모르고요. 그건 우리랑도 비슷한 경우가 아닌가 싶어요.

나무는 예부터 임금님이 사는 궁궐이나 선비 집에 심던 격이 있는 나무였어요.

키도 높이 자라지만, 나이가 들수록 품위 있게 우람해지는 모습이 누가 보아도 예사롭지 않은 나무로 인정받았지요. 중국에서는 재판관이 송사를 진행할 때, '나는 올바른 판단을 한다.'는 뜻으로 나뭇가지를 높이 들어 보였다는데, 그만하면 이 나무의 품격을 알아 줄만 하지 않겠어요? 서두가 길었네요. 자, 이 나무의 이름은 '회화나무'입니다. 또 중국 얘기를 하게 되는데요, 원래 이름인 괴槐나무의 괴가 빠른 중국말로 발음하면 홰-회가 되어 '회화나무'가 되었다고도 한답니다. 회화나무의 스스로 우는 자명괴가 들려준 가슴 터지는 얘기를 해야 할까 보아요.

해미읍성의 회화나무 두 그루를 보고 형틀의 운명을 타고난 그 회화나무라고 읊었어요. 정말 나무의 운명이 눈물로도 어째 볼 수 없는 것 아닌가요?

어때요, 눈치채셨지요?

천주교도의 교수목이 된 회화나무, 우리가 나무의 자명괴를 제대로 들어보지 못한 건 당연한 일인지도 몰라요. 아주 오래전에 나무의 꽃가지는 너무 울어 눈물이 말라버린 탓이니까요.

골동 가구를 좋아하는 아줌마 방에 놓인 반닫이, 나뭇결이 세월의 흔적을 고스란히 받아 아름다운 무늬가 도드라지는 괴목 반닫이는 아줌마의 손길을 받아 누구도 넘보지 못하는 의젓함을 풍기고 있었어요. 이 집 주방에 있는 탄탄한 도마와 찻상도 괴목으로 만들어져서 골동품 대접을 받고 있었지요. 셀 수 없는 칼질에도 단단히 몸을 단련시키며 그 자리를 지켰기에 주인아줌마의 칭찬을 들을 수 있었던 도마. 찻잔이 놓이면 더 우아해지는 찻상은 말할 것도 없는 귀한 물건이 되었어요. 나무는 이젠 울지 않아도 되는 나무가 되었을까요?

아까시나무 잎과 비슷한 회화나무 잎에 걸린 바람은 작은 꼬투리 같은 열매를 매단 꽃 사이를 누비며 기웃대고 있었지만, 나무는 긴 여름을 잘 견디고 있었어요.

자명괴自鳴槐라는 이름은 정말 없어진 것이 맞나 봅니다.

에세이 3

01

열려있는 길 위에서

갈바리산을 향하는/ 십자가의 길/ 당신이 쓰러진 자리 위에/ 목이 길게 빠진/ 내 그림자를 떨구어봅니다/ 보여주세요/ 증거를 찾습니다/ 목마름에 목마름을 보태고/ 눈물에 눈물을 보태고/ 그래도 모자랄/ 이 저자 길은/ 치즈에 전 땀 냄새/ 장사치의 낮은 흥정 소리/ 초벌구이 형태의 술잔/ 풀기 없는 긴 기장의 목면 옷/ 흔들어 아득히 임마누엘을 부르는/ 눈 설지 않는 종鐘까지/ 들어차 있습니다/ 여기서 길을 잃은 내게/ 마시고 걸치는 일보다/ 더 화급한 것을 아느냐?/ 이것은 당신의 목소리/ 성 밖 유카리스 나무는 허울을 벗고/ 탄탄한 어깨로 커가게 할 것이고/ '그러면 되리라' 하신/ 당신의 말씀을/ 이 소음의 장터에서/ 얻어 가고자 찾아온/ 끝끝내 욕심뿐인 나의 본정신을/ 하늘 가장 가까운 곳에/ 떨구어 내고/ 스스로 제자리 알고 오도록/ 내가 나를 나무랐습니다/ 서너 마장 떨어진 숙소까지/ 아주 의연히 돌아올 때/ 혼미한 불면의 저녁이/ 타박타박 뒤따라오고 있었습니다.

나의 시 '예루살렘 기행'의 전문이다. 굳이 이 시의 전문을 소개하는 이유가 있다. 이제는 꽤 오랜 시간이 지난 지금에도 부끄럽고 민망한 고백을 하기 위해서다.

이스라엘을 성지순례 중인 우리 일행은 예수님이 십자가의 가로대를 지고 오른 갈바리산을 향하여 함께 걷고 있었다.

나는 그곳에서 일행을 놓치고 말았다. 잠깐 한눈을 파는 사이에 일어난 일이다. 그곳을 가본 분은 알겠지만, 그 길의 시작은 무엇보다 경건한 마음으로 임해야 했음에도 아랍인들이 모이는 시장통을 경유해야 했기에 분심 들기 딱 좋은 곳이기도 하였다. 안내자가 앞사람 뒤를 보며 부지런히 쫓아가라 이르는 걸 들었으면서도 그랬으니 따로 변명의 여지가 없는 일이다.

요란한 무늬의 옷이 주렁주렁 걸려있고, 특유의 냄새가 나는 먹을거리며 생활용품을 파는 저잣거리는 우리의 시장과 다를 바가 없었지만, 담배를 입에 물고 웅기 중기 서 있는 남자들은 길을 막다시피 하고 어정거리고 있었다.

내 눈에는 시장 바닥이 그저 하릴없는 남자들의 놀이터로 보였다.

　그 좁은 길에서 제대로 된 가게 하나가 눈에 확 들어왔다. 유리문 안 진열장엔 고풍스러운 장신구들이 고만고만하게 진열되어 있었다. 팔찌로 보이는 것, 귀걸이가 분명한 물건, 낡아 보이지만 느낌이 좋은 목걸이, 그리고 또 또. 그것들을 보려고 고개를 돌려 눈을 팔았다가 다시 돌아보는 사이 우리 일행은 주위에 아무도 없었다.

　그런 길에 꼭 한두 명 나처럼 처지는 이가 있는 법이라서 그런 사람을 찾겠다는 생각으로 우왕좌왕했지만, 키 작고 머리숱 까만 동양인은 안 보였다. 딴짓하는 나만 빼돌린 듯한 착각이 들고 이마에 땀이 배기 시작했다.

　'어찌하나, 이 이방의 남자들에게 무슨 말로 어떻게 길을 물어본단 말인가.'

　'그러게 누가 너더러 애먼 데 눈을 주라고 했나?'

　나는 내게 화를 내고 또 달래야 했다. 길을 잃었다는 느낌이 들었는지 그 가운데 호기심 있어 보이는 남자가 내게 다가와 손짓, 발짓으로 말을 걸어왔다.

　모르긴 해도 그는 내게 도움을 주려고 했을 것이다. 그 순간 구경거리가 생긴 듯, 하나둘 남자들이 빙글거리며 다가오는 것이 아닌가.

　어서 이곳을 벗어나야겠다는 생각이 들어 걸어온 반대편으로 걸음을 빨리하며 걸어가는데 참으로 반가운 미국인 부부 여행객을 만나게 되었다. 택시 탈 수 있는 곳을 아느냐는 물음에 그들은 친절하게 알려주었다. 숙소로 돌아와서 땀을 씻고 커피숍에 앉아 일행을 기다리는 시간은 어찌 그리 더딘지. 저녁 식사 뒤, 인솔 신부님께 꾸중을 들었음은 말할 것도 없는 일이었다.

"저, 신부님 특별하게 생긴 물건을 보다가 일행을 놓쳤어요."라고 솔직하게 말씀드리지 않았음을 고백한다. 그 대답을 들었다면 신부님은 무슨 말씀을 하셨을까? 그러잖아도 한 사람이 빠진 것을 알고 모두 걱정을 하셨다는데.

예루살렘 십자가의 길, 아직도 나는 그 기도의 길을 걷지 못하였다. 예수님의 피와 땀과 눈물의 길을 찾아가는 길에서 그 짧은 순간 웬 장신구 따위에다 눈길을 빼앗기다니, 혼나고도 남을 일이다. 이렇게 반성하는 시로는 모자랄 일이다.

스페인 성지순례 '카미노 데 산티아고'의 40일간 긴 여정을 끝내고 돌아온 분의 말씀을 들었다. 순례의 마지막에 이르렀을 때는 길을 보면 멀미가 날 듯했다는 실제적인 말을. 그러나 아득히 보이는 그 길을 따라서 쉼 없이 걷고 또 걸어야 했던 순례의 길에서 얻은 것은 "몸에 맡기고, 마음에 맡기고, 제 안으로 길을 내어 걸어야 한다."는 것이었다고.

"너는 좋겠다. 계명대로 따르면 되는, 그 길이 열려있지 않니?"

가까운 친구가 내게 한 말이다. 아직 종교를 갖지 못한, 그렇지만 누구보다 반듯한 삶을 살고 있는 친구다.

이제 그녀의 손을 잡으리라. 그리고 그녀가 말한 열려있는 그 길을 함께 걸어가리라. 비록 가는 길이 패이고, 돌길이 나타날지라도 돌아서지 않고 걸어가리라.

02

순례 길에서 받은 선물

한때 열심히 성지순례를 다녔다.국내는 물론 여건이 닿으면 이름이 알려진 다른 나라의 성지를 찾아보는 것을 큰 은혜와 기쁨으로 새겼다.외국 성지에서 언어와 피부색이 다른 각 나라에서 온 참배객과 스치게 되면 눈길로도 서로가 갖는 공통의 마음을 읽게 된다.촛불을 밝히고 무릎을 꿇고 고개를 깊숙이 숙이며 전심專心으로 기도하게 되는 자리. 어떤 이의 지시나 요청이 없어도 누구나 그런 자세가 되는, 주체할 수 없는 감정에 몸이 떨리고 때론 눈물을 흘리게 된다. 그런 다음 얻게 되는 기분 좋은 평화로움. 성지순례는 신자에게 꼭 필요한 마음을 다스리는 순례 길이다. 프랑스 루르드 성지순례를 다녀온 후 쓴 시 한 편을 소개한다. 다시 느낄 수 없는 고백이기에 옮겨 본다.

프랑스 작은 마을 루르드 성지순례 중에

성수라고 부르는 물에 몸을 담그는 순서가 있었어요.

팔 힘이 좋아 보이는 외국인 여성 봉사자 둘이

양옆에서 나를 들어 물에 담갔다가

가볍게 들어 꺼낼 때,

얼핏 성 마리아의 푸른 허리띠가 손등에 닿은 듯

벽에 걸린 십자가의 예수가 눈에 들어오는 순간

나는 울기 시작했어요.

울음은 점점 커지고 봇물 터지듯한

울음이 잦아들기까지는 한참이 걸렸지요.

"눈물의 은사를 받았구나!"

어깨를 두드리며 동행인이 말해주었어요.

"저 자매, 그렇게 많이 울었대."

저녁 식사 때 일행이 소곤거렸지요.

그렇게 터졌던 눈물의 의미를

정확히 밝혀낼 순 없지만

지금 나는 그때처럼 울고 싶습니다.

'눈물로 씻기지 않는 슬픔은 없다'니까요.

슬픔을 쓸어내고 싶으니까요.

시詩 「안구건조증」 하략

땔 나무를 하러 간 14살 소녀 베르나데트에게 열여덟 번 나타나신 성모 님.

'샘에 가서 그 물을 마시고 몸을 씻어라.'라는 말씀대로 나도 그렇게 따랐다.

벅찬 감동이 나를 흔들어 소름이 돋았고, 울지 않을 수 없는 그 날의 심정은'분명하게 무엇 때문이다'는 답은 내놓을 수 없었다.

그곳에서 받은 정결한 기운이 이따금 무심해지고 나태한 나의 믿음에 스미어 윤기를 더할 수 있다면 그것보다 귀한 선물이 어디에 있을까?!

앞으로도 힘을 더한 걸음으로 주님의 흔적을 돌아볼 수 있게 되기를 꿈꾼다. 성지를 찾는 것은 신자만이 누릴 수 있는 축복이다.

순례길에서 받은 울지 않을 수 없는 감동과 순정한 평화의 선물을 함께 나누고 싶다.

03

부이치치의 기적

우리 본당 창설 기념 미사 중에 '영상 피정'이 있었습니다. 피정을 이끄는 수녀님이 교우들에게 묻습니다. '나는 행복하다'라고 생각하는 분, 손을 들라'고요. 이어서 '10억이 있으면 행복할 것이다'라고 생각하면 손을 들 라고 했습니다.

더러 손이 올랐지만, 질문에 즉각 응하기가 어색했는지 몇 분 의 신자들은 살짝 주위를 돌아봅니다. 그때 제 뒷자리쯤에서 들 리는 자매님의 목소리, "돈이 전부는 아니여!" 10억이 있으면 행 복하겠냐는 물음에 나온 그분의 혼잣말이었지요.

그런데요, 솔직히 제 주위에는 돈이 필요한 이들이 많습니다. 돈이 없어 제때 치료를 받지 못하는 병중에 있는 분, 형편이 안 되어서 하고 싶은 공부를 접어야 하는 사람, 지체장애인들이 사는 도움의 집에는 이 여름에 세탁기 한 대가 더 필요합니다. 20만이 넘는 결식아동을 비롯하여 돈이 있으면 조금 더 나은 삶을 살 수 있는 사람들에겐 우선 돈이 필요합니다. 자매님 말처럼 돈이 전부가 아니었으면 좋겠습니다. 행복은 돈으로 거래될 수 없는 것이었으면 정말 좋겠습니다.

이런 저의 얄팍한 속마음을 엿보기라도 했나 봅니다. 그날 영상 피정의 주제는 돈과 행복을 뛰어넘어 우리 모두의 마음에 맑은 우물을 만들어 주는 감동으로 다가왔습니다.

'사지 없는 삶'을 사는 닉 부이치치. 그의 이야기는 MBC 교양 프로그램 W에서 방영되어 많은 사람을 감동하게 한 바 있습니다. 우리나라에도 다녀간 적이 있는 닉의 이야기가 영상 피정의 주인공으로 우리와 함께하게 되었습니다. 닉은 호주에서 목사를 아버지로 둔 가정에서 태어났습니다. 팔다리가 없는, 왼발에 발가락 두 개가 달린 작은 다리가 전부인 '사지 없는' 아이로요.

'왜 이 같은 일을 일어나게 했고, 또 왜 이를 감당하게 하셨습니까?'

닉의 부모는 애통해했지만 주님의 응답을 듣지 못했습니다.

자살도 시도해 보았던 닉이 삶에 대한 자신감을 키우기까지는 긴 시간이 걸렸습니다.

왼쪽 발가락 두 개를 사용하는 법을 배우고, 발뒤꿈치와 발가락을 이용해 컴퓨터를 사용하고 자판을 두드리는 법을 배웠습니다. 팔과 다리가 없는 그가 어떻게 혼자서 일상생활을 하는지를 보여주었습니다. 이제는 골프, 수영, 축구, 만능 스포츠맨이 된 닉은 정기적으로 세계 각국을 여행하면서 여러 모임에 가서 자신의 이야기를 들려줍니다. 행복을 전파하는 역할을 맡게 된 것이지요. 행복은 돈이 아닌 역경을 이겨낸 자신이 일궈 받는 결과물이라는 것을요.

닉의 이야기를 듣고 난 사람들은 뜨겁게 감동하게 되지요. 그날 우리도 그러하였으니까요. 손이 없는 그에게 다가가 사람들은 포옹으로 감동을 전합니다. 만약 그가 앞에 있었다면 저도 그렇게 했을 것입니다.

오늘 장맛비 속에 한류스타 한 사람의 장례가 치러집니다. 그는 스스로 목숨을 끊었습니다. 사진으로 보는 선한 눈매와 미소 띤 얼굴, 참으로 안타깝습니다. OECD 국가 중 자살률 1위라는 불명예를 안고 있는 우리의 현실을 봅니다.

그 뉴스를 보면서 닉의 말이 새삼 다가옵니다.

"나는 기적을 믿습니다. 나를 보고 사람들이 삶에 희망을 갖는다면, 그것이 기적이니까요." 닉의 기적을 소중하게 새겨봅니다. 그의 삶에 대한 아름다운 용기를 널리 알리고 또 닮고 싶습니다.

04
나를 위한 일탈

늘 즐겁고 편안하고, 그렇게 사는 이는 드물다.

그렇게 사는 것으로 보이는 이도 그 말에 '나 그렇지 않아요' 손사래를 치며 아니라고 말할지 모른다. '보이는 게 전부가 아니다.'라는 말이 왜 나왔겠는가?

우리가 보는 것과 보이는 것의 차이는 현저하다. 마음이 담겨있는 '보는 것'과 두 눈에 보이는 대로 스쳐 지나가는 '보이는 것'의 차이.

세상 사람들이 모두 행복해 '보이고' 나만 힘들고 쓸쓸하다고 느낄 때도 그 '보이는 것'이 문제가 된다. 나의 행불행이 상대적일 때, 어느 누군가 다른 이와 비교 상대가 되어 행복의 색상표가 짙어지거나 옅어진다면 정말 그거야말로 불행한 일이다.

그즈음 나는 정말 힘들었다, 그리고 불행했다. 남들이 어떻게 보든 상관없이.

주거환경이 아파트에서 단독주택으로 바뀌었고, 그 집도 이름하여 전원주택이어서 모든 게 낯설고 버겁기만 했다. 아예 전원인으로 생활할 여건이 되는 것도 아니었고, 한 발은 시골에 또 한 발은 서울에 걸쳐 놓은 얼치기 시골 사람으로 생활해야 하는지라 첫째로 교통편이 불편했다. 무엇보다 서울로 드나드는 일에 많은 시간이 걸렸다. 익숙지 않은 흙과의 만남도 밖에서 보던 것과는 차이가 컸다.

아무튼, 전원생활의 맛과 멋을 얻기 전에 나는 병을 먼저 얻었다. 두통과 소화 장애, 이건 내가 자각하는 것이었고, 작은 일에도 흥분하고 섭섭해하며 삐친다는 성격 변화는 가족이 지적한 증상이었다. 병원에서 확인한 결과는 심한 빈혈과 고혈압과 우울증이었다.

인정하고 싶지 않았지만, 도시에서 밀려 나왔다는 불만과 경제적인 부담, 또 있다. 만인이 겪었고 겪고 있는 갱년기 우울증이 원인이라면 원인이었다.

의사는 모든 것에 긍정적인 시선과 마음을 가지라고 충고한다. 그런데 그것이 노력으로 쉽게 극복해지는 것이던가?

그러던 어느 날, 신부님의 말씀을 들었다.

"우리가 사는 시간은 얼마나 될까요?"라고 물으시고, "그건 사랑하는 시간 만큼이지요."

답까지 주셨다. 사랑하는 마음이 없는 삶은 살아있는 시간이 아니라는 의미가 아닌가! 그 말씀이 닫힌 문을 열어주었는가, 아마 그날부터였지 싶다. 구겨졌던 마음이 조금씩 펴이는 기운을 느끼게 된 것이.

안 입는 옷가지를 깨끗이 손질하여 재활용센터에 보내는 것을 시작으로, 여기저기 봉투 속에 들어있던 사진들을 간추리고, 쌓이고 또 쌓이는 책 3백여 권을 묶어 이웃에 문을 연 작은 도서관에 기증했다. 한 달여 이런 일을 하는 것을 본 남편이 "왜 그래, 정리하고 어디 떠날 거야?" 물었다.

예사로이 던졌을 그 말이 차갑게 가슴에 닿았다.

'그래, 맞아. 떠날 거야!'

나는 소나기 맞은 측백나무처럼 갑자기 푸르고 싱싱해졌다. 떠난다는 생각이 가슴을 꽉 채우자 기운이 나기 시작했다.

아낀다고 찬장 깊숙이 넣어 둔 비싸게 샀던 그릇을 죄 꺼내어 깨끗이 닦아놓고, 자신 있게 만든 반찬을 그릇에 모양내어 담아 상을 차린다.

방방의 커튼을 떼어 욕조에 담그고 발로 밟아 빨고, 과꽃이며 백일홍을 볕 바른 곳으로 옮겨 심었다. 그런 일들이 이렇게 재미있을 수가~

전화번호가 적힌 수첩을 펼치고 지금 내가 외롭다고 말하면 누가 달려 나와 줄까?

　가까운 친구 아무개는 직장에 매여있고, 또 아무개는 집이 너무 멀고, 결국 아무도 없는 거로구먼 하며 쓸쓸해하던 때도 있었지. 늘 뭔가 허전했던 것이 다 이해되고 너그러워질 수 있도록 변하는 거였다. 떠난다는 생각만으로.

　그로부터 보름 후, 나는 앙코르와트에 있었다. 아침에 바르고 나왔던 선크림까지 땀으로 씻기어 민낯이 된 얼굴이 관광버스 유리창에 비쳐도 편안했다.

　스퐁나무가 유적을 친친 감아 무너트리는, 몇백 년 왕조 쇠락의 흔적 앞에서 햇빛에 눈을 찡그리며 증명사진을 찍었다.

　멕시코시티 쇼깔로 광장 귀퉁이 벽, 눈에 익은 한글로 적은 낙서를 보며 헛헛한 웃음을 날리기도 하고, 과달루페 성모님의 옷자락을 만지며 눈물의 기도를 드릴 수도 있었다. 나는 안다. 떠나는 일은 내게 소중한 일탈이었음을, 그리고 귀중한 충전이 되어주었다는 것을.

　'길 떠나서는 냉정하리라/ 나를 밀어 내놓고 보리라/
　실컷 앓도록, 마음껏 후회하도록 하리라/ 외로움도 모를 피곤함에 던져두리라/
　고만고만한 잠과 꿈에서 깨어나/ 부끄러움에 떨며 울게 하리라.'

이 시詩는 여행지에서의 감회를 술회한 시의 일부이다. 떠났기에 얻을 수 있는 글이라고 한다면 자만이거나 요즘 말로 '자뻑'이라 하겠지만.

'자, 돌아가면 모든 것에 잘하리라'로 시는 끝맺음을 한다.

그건 진심이 담긴 다짐이다.

지금 우리나라는 떠나기(걷기) 열풍이다. 운동화만 준비하면 가능한 한 떠나기. 걸을 수 있는 길이 마련되어 있다. 고맙게도 이 걷기도 나의 일탈에 즐거움으로 기여하고 있다. 체험해보면 알지만, 비용과 시간이 많이 들수록 특별한 일탈이 되는 것은 아니었다.

유효기간도 그것과 비례하지 않았다.

유난히 길고 무더웠던 올해 여름을 이겨낸 가을의 단풍은 아름답다. 내가 사는 마을이 주는 정복은 계절이 바뀔 때마다 펼쳐지는 자연이 주는 아름다움이다.

읽으려고 펼쳤던 책을 그대로 엎어 놓고 집을 나선다.

미술관 앞 정원 '희원'에 갈 참이다. 가을볕 속에 고요하고 아름다운 정원을 내 집 마당인양 느긋이 걸어 보리라. 그곳의 가로수인 단풍나무의 단풍은 감탄이 나올 만큼 눈부시다. 늘 새로운 가을을 주신 분께 목례를 보내며.

'사랑합니다'

　저는 아직도 누군가에게 '사랑합니다'라고 쉽게 말하지(털어놓지) 못합니다.

　요즈음은 말을 배우는 서너 살짜리부터 예사로이 '아빠 엄마, 사랑해', '선생님 사랑해요'를 외치는 시대인데, '사랑한다'라는 그 말에 주눅 드는 기분은 웬일인지 모르겠습니다. 굳이 이유를 댄다면 너무 흔해진 '사랑'이라는 단어를 남발하거나 남용하지 않고, 꼭 해야 할(?) 경우에만 말하겠다는 나름대로의 규율 같은 것이 있기 때문인지 모르겠습니다. '사랑'이라는 말은 그냥 입에서만 나오는 말이어서는 안 되는 것이라는 생각일 뿐이지, 특별하게 나의 사랑이 대단하거나, 사람을 가리거나 까탈스럽다고는 생각지 않습니다.

　고인이 되신 난정蘭丁 어효선 선생님은 '사랑한다.'라는 말은 윗사람이 아랫사람에게 표현할 수 있는 말이고, 아랫사람은 윗사람에게 '존경합니다'라는 말을 해야 하는 것이라 하셨습니다. 이 말에 고개 끄덕이실 분이 많았으면 좋겠습니다.

내 딴에는 좀 생각한다고 했던, 그동안 품고 있던 '사랑'의 의미가 지난 2월 너무도 쉽게 바뀌고 말았습니다. 퇴계로, 충무로, 명동 길을 가득 메운 조문객들. 저는 보았습니다. 남녀를 가리지 않고 나이 드신 어른, 어린이, 가족 단위로 나온 조문객들은 긴 시간 동안 봉사자들의 지시를 따랐고, 추위와 배고픔까지도 기도가 될 수 있었습니다. 신문과 방송의 보도가 다르지 않았습니다. 그곳은 어디에서도 볼 수 없는 '사랑의 나라'였지요. 매일이다시피 옥신각신하는 정치판도, 서로의 뜻이 맞지 않아 다투는 현장도 아닌, 같은 땅 위에서 이루어지고 있는 이런 '한마음'을 일찍이 저는 본 적이 없습니다.

'고맙습니다. 서로 사랑하세요.' 그랬습니다.

참사랑은 유리관 속에 계신 그분이 우리에게 보여주셨습니다. 그분은 큰 목소리로 우리를 가르치려 하지 않았고, 당신의 생각대로 나무라지도 않으셨습니다.

추기경님이 떠나는 명동 성당 마당에는 두 손 모으고 기도하는 이, 손수건을 흔드는 이, 천천히 움직이는 운구차를 쓰다듬는 이, 수많은 분이 떠나가는 추기경님을 애도하고 있었습니다.

어떤 자매님의 조금 큰 목소리가 들렸습니다.

'사랑합니다!'

그 소리를 듣는 순간 왈칵 눈물이 났습니다. 그 말에는 사랑의 진정이 담겨있었기 때문이지요.

누군가의 사랑을 받고 싶다면 내가 사랑하기로, 그래서 그를 먼저 사랑하면서 내가 기쁘고 행복해짐을 느끼고자 합니다. 아마도 저의 '사랑'은 이제 멈칫거리거나 부끄러워하지 않을 것입니다.

추기경님이 잠드신 곳에는 많은 사람이 놓고 간 꽃다발과 꽃바구니가 작은 언덕을 이루었습니다. 어느 꽃다발에선가 장미 내음이 코끝에 닿았습니다. 꽃송이보다 더 많은 기도와 사랑을 받으신 추기경님.

'고맙습니다. 서로 사랑하세요'

야외 제대 위의 현수막에도 그 말씀이 걸려있었습니다.

'당신을 따르려는 바보들을 위하여 빌어 주소서'

'추기경님, 편히 잠드소서'

그곳에는 추기경님을 추모하는 이들의 바람도 함께 있었습니다.

아직은 겨울 기운이 남아있는 곳이지만, 돌아보면 나무들은 선 채로 묵상하듯 하고, 곧 움이 틀 양지바른 곳 잔디들은 맑은 이슬을 매달고 추기경님께 아침 인사를 드릴 것입니다.

가을 하늘처럼 구름 한 점 없이 맑은 하늘엔 비행기가 날고 있었지요.

'하늘보다 더 먼 곳' 그곳에서 우리를 지켜주실 추기경님.

다함 없는 그분의 사랑을 생각하며 오래도록 하늘로 향한 눈길을 돌리지 못했습니다.

"추기경님 사랑합니다."

06
손과 손

어린이와 부모, 그리고 연예인들이 함께 출연해서 재미있는 게임도 하고 어린이들의 속내를 말하게 하는 텔레비전 프로를 보았다.

어린이들이 그답지 않게 능청스러운 얘기를 하거나, 천진난만한 태도를 보일 때, 마음 놓고 웃어볼 수 있는, 가족이 함께 즐기는 몇 안 되는 프로그램이다. 그날은 칸막이 저쪽에다 아빠를 앉게 하고 뚫린 구멍으로 손을 내밀어 어린이들이 자기 아빠의 손을 알아내는 게임을 했다. 어린이들은 아빠의 손을 확인하기 위해 칸막이 쪽으로 다가가 한 사람씩 손을 만지기 시작했다. 나중에 말을 했지만 어떤 어린이는 손의 크기를 재어 보았고, 또 다른 어린이는 손톱을 유심히 보고, 다른 어린이는 피부 빛과 손의 모양새를 보았노라고 했다. 한 어린이는 손을 만지자마자 "이 손, 우리 아빠예요!" 하고 자신 있게 말하며 다른 손은 잡지도 않았다. 또 다른 어린이는 "우리 아빠 스킨 냄새 같아요" 하며 덥석 손을 잡기도 했다. 다섯 명의 어린이 중에 한 어린이만 아빠 손을 찾지 못했다.

칸막이 밖으로 나온 아빠들은 자신의 손을 맞춘 어린 아들딸들을 대견하게 여기며 안아 주었다. 아빠 손을 맞추지 못한 어린이는 무안하고 또 미안한 얼굴이 되기도 했다. 그 프로를 보면서 새삼 어린이들이 예뻐 보였다. 나는 정말 부모의 손을, 자식의 손을 저처럼 알아낼 수 있을까 생각해 본다. 다 자란 자식의 손을 언제 따뜻하게 잡아 보았나, 기억에 없다. 나의 손을 내 아이가 언제 잡아 주었던가 그것도 희미한 기억이다.

한 때는 '이 아이를 위해 목숨을 내놓을 수 있다'라며 키웠던 자식이다.

자식은 그렇다 치더라도 그러면 남편과 아내의 손을 저렇게 확인해야 한다면? 살짝 부끄러운 마음이 든다. 손마디가 굵어져서 결혼식 때 받았던 반지가 맞지 않는다고 한 아내의 말을 기억하는지, 커플링을 끼는 게 번거로운 일이 되어 서랍 속에서 굴러다니도록 하는 남편을 알고 있는지?

문득 내 두 손을 펼치고 앞뒤로 돌려 본다. 적당히 주름지고 윤기 잃은 두 손이 펼쳐진다. 이 손을 누가 잡아 줄까? 이 손으로 누굴 일으킬 수 있을까? 성모님의 자애로운 손과 우리 성당 14처의 부조된 손을 보면 마음 한쪽이 저절로 따뜻해진다. 나는 거칠고 투박하지만, 그 손을 잡으면 편안하고 미더운 정을 느끼게 되는 대모님의 손을 좋아한다. 그 손을 감히 닮고 싶다고 말해 본다.

그분의 미더운 손은 오랫동안 남을 위해 헌신한 뒤에 갖게 되는, 아무나 얻을 수 있는 손이 아니기 때문이다.

가만히 손을 잡고 상대편의 얼굴을 바라보면, 따로 말이 필요 없이 마주 보는 사람은 서로를 알아낼 수 있을 것이다.

손과 손, 두 손을 따뜻하게 잡는 의미 있는 '손잡음', 그것은 사랑한다는 마음의 첫 번째 표시이며, 얼굴을 보지 않고도 서로의 손을 찾아낼 수 있는 준비된 사랑의 기록이기도 하다.

⑦ 싼다 아저씨

우리가 '싼다 아저씨'를 알게 된 것은 참으로 좋은 만남이었다.

이 세상에는 많고 많은 사람이 살고 있고, 그중에는 가끔 착하지 않은 사람도 있지만, 어질고 좋은 사람이 더 많을 거라고 믿고 있다.

'싼다 아저씨'도 그 착한 사람 중의 한 분이다. 아저씨는 양자회에서 봉고 버스를 운전하는 분이다. 양자회는 부모가 없는 아이들, 몸이 성치 못한 아이들이 새로운 엄마 아빠를 만나게 될 때까지, 또 몸이 나아져서 조금이라도 혼자 할 힘이 생길 때까지 형제자매가 되어 서로 의지하며 사는 곳이다.

장애를 가져 몸을 마음대로 움직일 수 없는 아이들을 꼬마 버스에 태우고 다니는 키 큰 아저씨를 양자회에서는 모르는 사람이 없었다.

아이들이 아저씨를 좋아하고 따르는 것은, 어쩌면 아저씨가 아이들을 진심으로 좋아하기 때문일 것이다.

화장실에 가고 싶어 하는 아이는 표정으로 단번에 알아차리고, 지금 저 녀석은 목이 마른 것이로군, 족집게처럼 집어낸다.

"자, 자! 비켜요. 어서 가자 싼다 싼다!"

아저씨는 성치 못한 아이를 번쩍 들어 안고 화장실로 달려간다. 참지 못한 아이는 아저씨 옷 앞자락에 실례하기도 하지만, 그래놓고도 아이는 천진스럽게 웃는다.

미안하고 부끄러운 것을 몰라서가 아니다. 아이는 자기 마음을 다르게 나타낼 줄 모르니까. 아저씨는 그런 아이들 마음조차 다 헤아릴 줄 아는 분이셨다.

"싼다, 싼다"를 외치며 달리는 아저씨, 언제부터 이름이 '싼다 아저씨'로 불리고 있었는지 아는 사람이 없었다. 그런데 이제는 덥석 안고 달리지 못하는 아이가 하나, 둘 생겼다. 화장실로 안고 뛰던 아이들도 키가 자라고 몸이 커졌기 때문에.

그래도 아저씨의 할 일은 줄어들지 않았다. 불행한 일이지만 새로운 아이들이 끊임없이 양자회의 문을 두드리며 찾아왔다.

양자회에서는 해마다 12월이면 바빠지고 약간씩 들뜬 분위기가 느껴지곤 한다.

올해도 다르지 않았다. 아이들 방 유리창에는 솜뭉치가 붙고, 빨간 포인세티아가 그려지고, 썰매를 끄는 산타클로스 할아버지 그림도 그려졌다.

벌써 산타를 기다리는 아이들은 산타클로스 할아버지가 되고 싶은 고마운 어른들이 찾아올 것을 알고 있기 때문이다.

마구간에서 태어나신 아기 예수를 닮은 아이들, 착하지만 불편한 몸과 부모에게 버림받은 측은한 아이들을 위해 양자회 식구들을 포함하여 아저씨도 바빠진다.

우리도 '싼다 아저씨'와 아이들을 보러 갈 것이다. 이번 성탄절에 양자회에서는 성극을 준비 중이라고 살짝 귀띔해주었다. 아이들은 벌써 일주일 넘게 오후면 연극 연습을 한다.

'싼다 아저씨'도 종치는 아저씨 역을 맡으셨다고.

"네, 신부님!"

한 마디만 하는 역할을 맡은 민수도, 성모 마리아 역을 하게 된 주경이도 모두 열심히 연습을 한다. 연극을 준비하면서 아이들은 더 크리스마스를 기다리게 되었다.

문득 '싼다, 아저씨'의 이름이 궁금해진다. 이름은커녕 성씨도 모르고 있었기 때문이다.

'싼다 아저씨!'의 또 다른 이름이 '산타 아저씨'란 것은 양자회 식구들은 오래 전에 알고 있었지만 말이다.

08
두 개의 저금통

정초인 요즘같이 시간에 대해, 재빠른 세월에 대해 많이 느끼는 때가 없는듯싶다.

어제 만난 친구가 "얘, 애들이 크는 것만큼, 어른이 빨리 늙으면 못 봐 줄 거다"라고 했다. 그녀가 말한 아이들이 크는 거라든가, 어른이 늙는 거라든가 하는 일이 느닷없는 일이 아니라면, 그녀 역시 정초의 기분이 평소와는 달라서 하는 말인지도 모른다. 해가 바뀌고 어김없이 나이 한 살을 보태어도 그것은 별로 달가운 보탬이 아닌 기분은 확실하다. 나이를 더 먹었다고 해서 달라질 것 없는 일상이 그렇고, 오늘의 나보다 더 원숙해지고 원만해질 것 같지 않은 나 자신을 알기에 그렇다.

그렇지만 우리는 해가 바뀔 때마다 더 나은 한 해를 계획하고, 또 그래야 할 것 같은 압박을 느낀다. 올해 12월이면 어김없이 작은 회한들로 마음은 추워질 것이고 비슷하게 살아온 시간이 크게 흉 될 것 없는데도 마음은 가라앉을 것이다.

새해가 주는 추상적인 기분에 집착하지 않으려고 하지만, 이루어지고 말고의 여부와는 관계없이 새해의 꿈은 새해가 주는 정복이 아닌가 자문해 보기도 한다.

3년짜리 적금을 붓고 끝나기를 기다리고, 그렇게 몇 번 하니 백발이더라는 선배 언니의 말을 웃으면서 들었는데 남의 얘기가 아닌 것이 되었다.

우리의 하루하루는 기다림으로 엮어지고 있다. 몸이 상한 이는 아프지 않은 날을, 어떤 이는 더 많은 황금을, 아무것도 탐하지 않는다는 말을 하는 사람도 사실은 더 나은 것을 고대하면서 살고 있다. 그 기다림의 시간에 수없이 포기하고 절망하면서 기다림을 익혀야 한다.

지난해, 딸에게 다녀오면서 폭설로 비행기가 뜨지 못했을 때 공항에서 그 시간을 주체하지 못하고 가슴 태우던 때를 기억한다. 다른 외국인 승객들은 '후' 한숨 소리는 내었지만, 동요 없이 기다렸고, 항공사에서 제공하는 샌드위치와 콜라를 먹으며 더 기다릴 수 있을 것같이 여유로워 보였다. 결국은 하룻밤을 예정에도 없는 도시의 공항 부근 호텔에서 숙박하게 되었다. 그들의 기다리고 줄 서고 하는 생활방식에 감탄하고는 있었지만 '참, 느

굿도 하시지' 싶고 그날따라 왠지 짜증 나고 밉상스럽게 보이기
까지도 했다. 그것은 불안하고 조급한 나의 세련되지 못한 습성
을 알게 된 데에 대한 실망까지 보태어져서 더욱 그랬다.

막막하거나 모호한 기다림이 아닌데도 견디고 참을 줄 모르
고 기다릴 줄 모를 만큼 촌음을 아끼며 시간을 잘 유용하고 살았
는가, 돌아보면 송구한 마음이 된다.

지금 당장 빨리 결과물을 보고 싶어 하는 버릇들, 너무 비약인
지 모르지만 각종 새로운 신상 라면이 셀 수 없이 생기는 것은,
배고픔도 빨리 때워 보려는 사람들의 기분에 맞추려는 것이 아
닐까?

우리는 누구나 두 개의 저금통을 갖고 있다. 한 개에는 하느님
이 주신 꽉 채워진 시간들로 가득 찬 저금통이고, 또 다른 것에
는 우리가 자신의 힘으로 채워야 할 시간이 담길 빈 저금통이 그
것이다.

하느님이 주신 저금통에서 나는 몫으로 받은 시간을 얼마나
꺼내어 사용했을까? 내가 채워야 할 빈 저금통에는 얼마만큼 제
대로 사용한 시간들이 채워지고 있을까?

평균수명으로 친다면 내가 활용할 시간은 사실 그리 많지 않
았음을 알고 있다.

크게 아쉬워하거나 초조해하지 않으려고 한다.

채워야 할 저금통에 담긴 시간 중에 더러 부러지고 망가진 모습을 한 시간에게도 타박하지 않으려고 한다.

이 세상에서 진실로 내가 가꿀 수 있는 것은 나의 시간이라는 믿음과 그 믿음으로 기쁨도 함께 얻게 되기를 꿈꾸어 본다.

09
어떤 반성문

12월이다. 마지막 달이다.

마지막이라는 말이 주는 느낌은 앞을 바라보기보다는 뒤를 돌아보게 하는, 늑장 부리던 일들을 더 미룰 수가 없게 된 당혹의 분위기가 드러나는 말이다.

그래서 일 년 중 제일 초조하고 빠른 속도감은 당연하다 하겠다.

사람들은 제각기 지나온 11개월을 들먹이며 그 흔적에 찍혀진 발자국을 구별해 보느라고 한두 번 마음을 앓게 된다. 나도 올해 못다 이룬 일을 내년 1월에다 이월시켜 놓았다. 그래야만 희망을 버리지 않은 것이 되고, 포기하지 않았으니 마음이 덜 상하는 기분이 되기에 그렇게 했다.

몇 가지 열거해본다. 나만 아는 예금통장을 숨겨둔 것도 아니고, 동네 내과에 들락이며 잔병치레가 심한 것도 잘한 일이 아니다.

나를 섭섭하게 하고 우울하게 한 친구에 대해 그녀의 흔적을 지우는 것이 최선이라고 결론한 것도 모자란 짓이었다.

우리의 삶은 연습과 실습이 허락되지 않는, 다시 되풀이해서 경험할 수 없기에 실망하지만 '후회 없다'라는 말은 자기 일에 만족했을 때 던질 수 있는 말이어야 옳을 것이다.

마지막 달에 내가 써야 하는 반성문은 무엇이어야 할까, 후회 없이 몰두할 수 있었던 일은 무엇이 있었을까 돌아본다.

우리 집 가족사진을 본 분이 "부부는 닮는다더니 두 분 닮았군요" 했다.

"어머, 내가 그렇게 못생겼나요?"

주저 없는 나의 대꾸에 그분이 잠깐 침묵한 뒤, 웃었던 거 같다.

남편의 고집과 닮아지는 나의 고집, 단지 전반에는 남편 쪽이, 후반으로 갈수록 내 쪽이 우세하다는 판정이 난다.

결혼 전에는 말수 적고 수줍은 여자로 대우를 받았으나(그런 점이 우대 사항이 된 것이 우습지만), 지금은 툭하면 아주 말이 없음(묵비권)을 휘둘러 무기로 사용하려 들기도 한다.

눈썹 움직임 하나로도 남편의 기상도를 파악할 수 있을 것 같다가도, 참 모르겠다 싶은 타인의식은 왜 없었겠는가? 하긴 투

시경을 보듯 상대를 다 알아버린다면 얼마나 재미없어질까? 신은 인간에게 반려자를 주심으로써 더 깊은 고독을 맛보게 했다는 말을 잠시 깨닫는 날이 부디 12월이 아니기를. 12월이 주는 송연함으로 주변인들에게 인색해지고 싶지는 않다. 특히 가까운 가족들에게~

> '크리스마스가 다가오면
>
> 눈을 감고 있어도
>
> 이상한 별이
>
> 마음속에서
>
> 반짝이는 것은
>
> 왜 그렇지!'
>
>   -나까무라 지에꼬

12월, 마지막 달.

마음 속에서 별이 되지 못한 작은 흔적들을 펼쳐놓고, 가만히 들여다보고 싶어지는 것은 왜 그럴까?!

그 흔적이 별이 되어 하늘에 뜨기를 바라는 마음으로.

에세이 4

01
가깝고도 먼 이웃

계란 장사 할머니가 한적한 골목길에서 술 냄새 풍기는 청년 둘에게 계란 판돈을 몽땅 빼앗겼다는 이야기를 들었다.

할머니는 머리에 이고 있는 계란판이 쏟아질까 봐 외마디 소리만 지를 뿐이었고, 앞치마로 두른 전대에서 여유만만 도둑들은 돈을 꺼내 달아난 것이다. 그놈들이 "할망구, 계란 깨져요. 가만히 있는게 좋을거요." 했다면서, 할머니는 눈물을 흘리셨단다.

아무리 도둑이라고 해도 이 지경에 이르러서는 할 말을 잃게 된다.

이제 오토바이 날치기 정도는 신종수법의 도둑질이 아닌지도 모른다.

실제로 나를 찾아온 후배가 집 앞에서 오토바이 탄 남자에게 핸드백을 빼앗긴 일이 있었고, 그 일은 오래도록 미안한 일로 마음에 남아있다.

하굣길에 깡패한테 붙들려 새 운동화를 빼앗기고, 뺨을 손자국이 나도록 맞고 양말로 걸어온 우리 집 아이. 그런 사건은 특별난 일에 포함되는 것이 아니라고 한다.

외출하면서 집에 있는 식구에게 다짐을 해둔다.

"아무나 대문 열어주지 마세요."

학교 가는 아이에게도 단단히 이른다.

"큰길로, 되도록 큰길로만 다녀야 해.

'센 언니'가 달라면 다 주어."

이런 식의 교육이나 집안 단속이 먼 이웃을 만들고 있다는 것을 모르고 있지는 않다.

사람을 너무 믿어서 당하게 되는 경우가, 믿지 않아서 오히려 다행히 되는 경우보다 못하다면 이 세상은 고달프고 쓸쓸해서 견디기 힘들 것이다.

'야채 왔어요! 싱싱한 야채요!'

용달차에 채소를 싣고 다니며 파는 부부 채소장사의 목소리가 요 아래 골목쯤에서 들려온다. 갑자기 필요해 대문 밖에서 용달차를 기다리는데, 공터 옆집 고등학교 선생님 댁 담장을 채소장사 남편이 기어오르는 게 보였다.

"아저씨, 뭐 하시는 거예요?"

"아, 네. 김칫거리 챙겨 담 너머로 넣는 중이지요."

그 집은 부부가 다 직장을 가진 관계로 낮에는 집이 비는 때가 많다. 그래도 그렇지, 요즘이 어떤 땐데 빈집임을 다른 사람에게 공개하다니.

나의 미심쩍어하는 표정 때문인지 채소장사는 "우리는 이 집 선생님이 시키는 대로 늘 이렇게 하고 있는데요, 뭘." 하고 흘끗 나를 본다. 그러고도 모자란다 싶었는지, "수금도 선생님이 계실 때 한꺼번에 하는데요. 서로 믿으니까요." 한다.

끝에 말에는 조금 자랑기가 섞인 듯한 말투가 되었다.

'그래, 그렇지. 서로 믿으면 이렇게 편리할 수도 있겠구나. 이렇게 무경계로 살면 가까운 이웃이 따로 있는 게 아니지' 싶어져서, 꽈리고추며 풋마늘이 라면상자에 칸칸이 담겨 있는 그들 생활 터전인 용달차 속을 새삼스럽게 들여다보게 되었다.

내가 새댁으로 살림을 시작했을 때 옆집에는 나보다 열 살 정도 많은 아줌마가 계셨다. 그 집과 우리 집은 장독대에 발을 걸치면 자유 왕래가 가능한 이웃이었다.

그분은 뜨개질로 커튼까지 만들어 걸 줄 아는 아주 솜씨 좋은 분이셨다.

"저 있잖아요? 비름나물은 어떻게 무쳐야 맛이 있나요?"

"우리 아기가 밤에 자꾸 울어요."

그러면 그분은 비름나물 한 접시를 장독대 너머로 보내주셨고, 유모차에 우리 아기를 태워 골목 끝까지 나들이를 시켜주시곤 했다.

그분은 나 같은 숫보기 새댁에게 사람을 사귀고 정을 나누는 일이 이렇게 미덥고 좋은 일이라는 것을 일깨워 준 좋은 이웃이었다.

그분이 잘못된 수술로 하루아침에 고인이 되지 않았다면 얼마나 좋았을까?

그러나 아파트다 강남이다 해서 장독대를 중심으로 음식이 오가고, 집을 보아주던 가까운 이웃으로 지낼 수만은 없었을지도 모르겠다.

어떤 분이 도시인으로 사는 자격 중의 하나가 이웃과 무신경이라고 했다.

사실 이웃과의 차단과 단절은 현대인이 겪어내어야 하는 지병인지도 모른다.

그러나 가까운 이웃이 되는 일이 그렇게 비법이 필요한 일은 아니다.

우리는 딸 아이가 유치원에 들어가기 전 이 동네로 이사를 왔다.

아이는 맞은편 집에 제 또래가 있다는 것을 알아내었는지, 작은 손으로 철 대문을 두드리며, '친구야, 놀자!'를 외치며 그 집 앞에 서 있었다.

딸 아이는 그렇게 이웃이 필요하고 친구가 그리웠나 보다.

우리 집 대추나무에 앉았던 새가 푸드덕 옆집으로 자리를 옮기는 것이 보인다. 바람이 물어다 준 담장이 씨앗이 뿌리를 내려 우리 집 시멘트 담벼락을 푸른 넝쿨로 옷을 입혀가는 것도 본다.

지난 일요일 이사 온 집 아이는 텔레비전 카메라가 다가가면 양손으로 브이(V) 자를 만들어 보이는 꼬마들처럼 내게 그렇게 해 보이며 귀엽게 웃어주었다.

건너편 집 고3짜리가 있는 방에 새벽까지 꺼지지 않는 불빛(어쩌면 불 끄기도 잊고 책상에 엎드려 잠이 들었는지도 모른다.).

오늘은 초보 피아노 소리가 길게 골목에 깔리고 있다.

"시장 다녀오세요? 물가가 많이도 올랐죠?"

"아유, 더 젊어지셨어요."

자주 보아도 좋은 웃음, 이런 편안하고 부담 없는 칭찬을 주고받을 수 있으면, 우리 이웃은 멀리 있는 것은 아니다.

물확 속의 수련이 노란 꽃잎을 피우면, 수미 엄마를 불러 차를 마시리라.

그 수련은 수미네에서 우리 집으로 분가한 꽃이기도 하니까.

나는 지금도 낯이 익다 싶거나, 좋은 느낌을 받게 되는 사람을 만나면, 고개를 갸웃거리며 생각한다.

'학교였을까? 아니면 직장? 아, 어쩌면 저 사람과 나는 버스정류장이 같은 동네에 살았었나 봐!' 하고, 미루어 짐작하는 버릇이 있다.

좋은 이웃을 가진 사람, 좋은 이웃이 되는 사람, 다들 행복한 사람임이 분명하다.

02
고운 때를 만들며

친구 K의 사망 소식을 듣는 순간, 나는 그녀가 내게 가졌던 서운함을 먼저 떠올렸다.

"아직도 내게 서운함을 품고 있었을까?"

나는 가슴 한쪽이 쏴 해지면서 목이 메어왔다.

고등학교를 졸업하고 10년을 훨씬 넘기도록 만나거나 소식을 주고받은 적이 없었던 K가 친구들의 모임에 모습을 나타내었다.

그녀는 포대기에 아기를 감싸 안고 있었다.

여럿의 친구가 있었고, 나는 입구와 반대인 안쪽 벽을 등지고 앉아 있었기에 그녀에게 먼 인사를 던졌었다.

어떤 친구가 말했다.

"우리 막내가 유치원생인데, 웬일이니?"

입심 좋은 다른 친구가 포대기의 아기를 어르며 거들었다.

"금실이 좋은 부부는 이러는 거야?"

적당히 아줌마티를 묻힌 친구들이 별 악의 없이 주고받는 이야기를 K는 시무룩이 앉아 듣고만 있었다. K는 남편이 몇 대 독자라서 어쩌고 하는 변명 조의 말을 했던 것 같다. 아무튼, 그날 이후 K는 친구들의 모임에 나오지 않았다.

뒷날 K와 친한 친구 S가 내게 전한 말로는, 그녀가 그날 그 자리에 나간 일을 몹시 후회하고 있더라는 것과 나에게 대한 섭섭함이 이만저만 아니란 것을 알게 되었다.

이유는 강보에 싸인 아기를 안고 그곳에 간 것은 너를 보려는 거였는데, 조금치도 반기지 않을 뿐 아니라 다른 친구들과 같이 자기를 놓고 웃을 수 있다는 것이 섭섭함의 요지였다.

나는 K에게 전화를 하려고 수화기를 집었다가 다시 놓았다.

"미안하다"라고 말을 하면 K가 나의 진심을 받아줄까?

"그건 오해야"라고 말한다면, 그녀의 섭섭함이 덜해질까?

"네가 잘못 생각한 거야"라는 말이 동글동글 입속에서 먼저 튀어나올 것만 같아서 전화할 수가 없었다.

그런 나의 복잡한 망설임이 K에게는 섭섭함에다 괘씸함을 보탠 결과가 된 것은 묻지 않아도 알 수 있는 일이었다.

K의 서운함을 풀어줄 양으로 찾아간 친구 S에게 "내가 때가 타서 그런 생각을 했나부지, 뭐"하고 덤덤히 말했다는 K를 다신 만난 건 그녀가 사망하기 한 달 전.

K는 공무원인 남편의 봉급으로는 저절로 알뜰주부가 될 수밖에 없다는 이야기며, 연탄 신세를 면해 올겨울은 가스보일러로 조금 편하게 살 수 있을 거라는 등의 이야기를 했다.

"우리 동네는 문도 안 잠그고 살아."

동네 부인네와 터놓고 지낸다는 K는 호박죽을 끓여 집집으로 나누어 먹었다는 말도 덧붙였다.

K가 선천성 동맥기형이란 병명으로 어이없는 죽음을 맞았다는 소식을 들었을 때, 내게 품었던 섭섭함이 자신의 때 묻은 마음 탓이었다는 그녀의 말이 떠올라서 나는 한동안 아픔을 삭여야 했다.

만약에 K를 다시 만나게 되면 말하리라. 네가 섭섭하게 느낀 건 지나친 게 아니었다고. 그렇지만 그 서운함을 풀어주지 못한 것은 순전히 나의 얼룩진 때 묻은 마음 때문이었다고 말하리라.

K의 영결미사가 있던 날은 몹시도 추웠다. 그녀의 꼬마 아들 가슴에 안긴 사진 속의 K를 보는 순간 온몸이 오그라지듯 떨려 왔다.

그날 집으로 돌아와서 고등학교 때의 앨범을 들추었다.

세일러복을 입은 여학생의 웃는 얼굴이 그곳에 있었다. 가운데 서면 빨리 죽는다고 사진 찍을 때마다 실없는 소리로 웃기던 키 큰 이 처녀는 지금 미국 어딘가에 살고 있다지?

나도 모르게 끌려 들어간 사진 속에는 턱선이 날카로운 K의 모습이 흑백사진 몇 곳에서 나를 보고 미소하고 있다.

사진 속의 K는 내게 대한 서운함을 품은 얼굴이 아니다. 자기가 우리 곁을 떠날 줄 모르고 있는 얼굴임은 물론이었고.

이 사진을 찍을 때쯤인가, 내가 좋아한 수학 선생님이 선배 언니와 연애한다는 소문이 소문으로 끝나지 않았던 일. 내 사진이 사진관 진열장에 걸려있어 부끄러워 돌아다니던 긴 골목의 탱자나무 길.

나는 비를 맞은 풀처럼 싱싱해졌다가, 아이들이 다 빠져나간 빈 운동장처럼 허전한 마음으로 사진첩을 덮었다.

비록 가난이 평준화였던 시절을 사춘기로 겪어내어야 했지만, 흑백사진 속의 처녀들은 내 식구, 내 가족에만 무섭게 집착하는 욕심 찬 아주머니의 모습은 아니었다.

K가 없는 집을 방문했다.

대문을 밀면 안방과 부엌 조기 앞의 장독대까지 한눈에 볼 수 있는 담장 낮은 작은 집. 집 안 구석구석까지 그녀의 손길은 고루 배어있었다.

식탁 의자에 앉으면서 방석 끝에 달린 리본에 보일 듯 말 듯 고운 때가 묻어 있는 걸 보았다.

세월과 함께 어쩔 수 없이 얼룩으로 남았을 삶의 조각들, 아직

인생의 경험을 회고할 원숙한 나이도 아니고, 잦은 실수로 면제받을 미숙한 어린 나이도 아닌, 어중간한 나이를 사는 K도 나도 그런 얼룩을 만들며 살아왔을 거다.

국어사전에서는 '고운 때'를 보기에 그리 흉하지 않게 묻은 때라고 풀이했다. 잘은 몰라도 고운 때라는 단어는 우리말에서만 가능한 말의 묘미가 아닐까 싶다.

내 친구의 허물, 나의 얼룩진 흔적을 고운 때로 아끼고 싶다. 그것은 끊임없는 일상사의 어려움을 하나씩 헤쳐나온 표시임이 분명하니까.

친구 K가 자책한 자신의 때 묻은 마음은 누가 무어라고 해도 고운 때였음을 나는 믿는다.

03
고향 이야기

지난해 인기리에 방영되었던 텔레비전 연속극에서 남자 주인공은 지방대학의 교수였다.

부인이 암에 걸려 시한부 삶을 사는 것도 모르는 그는 연구에 박차를 가하기 위해 가족을 서울에 두고 직장이 있는 곳에서 더 많은 시간을 보내게 된다.

그가 있는 곳이 마산馬山이어서 증명사진용으로 그곳 고속버스터미널이 몇 번은 등장하곤 했었다.

또 항구도시다운 풍경으로 좌판에 누운 생선이 보이기도 하고, 질펀한 어시장의 모습이 비치기는 했어도 그곳은 실제로는 마산이 아니었다.

서울 가까이 있는 소래포구가 분명한 그 화면을 보면서 나는 픽하고 웃음이 터져 나왔다.

마산은 내 고향이다. 태어나서 스무 해 가까이 살았던 곳.

지금은 보고 싶은 사람도 없고, 또 나를 간절히 보고파 하는 사람도 없는 곳이 되어버린 고향.

그렇지만 나는 고향다운 분위기와 냄새만은 아직도 구별해 낼 수가 있을 것 같다. 그런 다음 그 고향을 배경으로 해서 하나둘 떠오르는 사람들을 손꼽아 본다.

아마도 고향이란 기억과 추억 속에서만 그립고 영원한 것이고, 실제적인 느낌으로는 뚜렷한 낯섦만 안겨주는 곳이 되어가는지도 모른다.

그래서 그 낯섦이 강해지면 질수록 사람들은 자신을 스스로 단련시키며 타향을 살아가고 있는 듯이 느껴지기도 한다.

그때 고향 집 마당에 해거름이면 환하게 피던 분꽃, 까만 씨앗을 앞니로 깨물면 하얗게 부서지는 속살.

교복을 풀 먹여 다리느라고 공을 들이던 언니, 그런 언니를 향해 낮은 담장 너머로 부르던 옆집 오빠의 하모니카 소리.

선창에 나가 물수제비 뜨는 솜씨를 보여 주며 뽐내던 기계총 때문에 머리를 박박 민 앞집 아이.

두레상에 앉아 우리 형제들이 먹던 저녁밥, 자정이면 어김없이 나가던 전깃불, 제비산山 중턱의 호주 선교사 사택에서 내려다보면 바다는 해를 받아 거울같이 번쩍번쩍 빛나고 있던 모습.

듣는 이 지루해도 끝날 줄 모르는 노인네의 지나온 이야기처럼, 내게서도 꾸역꾸역 엮어져 나오는 이런 이야기들.

그곳에는 나만이 느낄 수 있고, 감지해 낼 수 있는 기억과 추억이 남겨진 탓이리라.

내 친구 김명태도 고향의 기억 속에 사는 열한 살짜리 소년이다.

이름이 기억하기 쉬운 명태여서 내가 그 아이를 이렇게 지금까지 기억할 수가 있었는지도 모른다.

명태는 내 짝이었고 학교 오고 가는 시간이 들쑥날쑥하고, 따라서 성적이 별로 좋지 않은 아이였다.

어느 날, 책보에서 부스럭거리며 꺼낸 복숭아 한 알, 붉은 쪽보다 푸른 살이 많은 풋과일을 명태는 책상에 코를 박을 듯이 숙이고 한 입 베어 물었다. 아마도 시큼한 풋과일의 냄새가 그 아이 주변에 퍼졌을 것이었다.

"명태, 이리 나와!"

선생님의 지적을 받은 명태는 주춤거리며 일어났다.

"손에 쥐고 있는 것 갖고 나와!" 명태는 더욱 주뼛거렸다.

교탁 앞으로 나간 명태는 선생님의 불호령에 아이들이 보는 앞에서 복숭아를 먹어야 했다.

마지못해 조그맣게 입을 벌리고 복숭아를 베어 물던 명태는 큰 소리로 울면서 말했다.

"선생님, 용서하이소, 우리 엄마가 새벽에 장에 나가면서 아

침 대신에 먹으라고 주신 거라예, 너무 배가 고파서, 잘못했어
요.”

그날 명태보다 더 오래 운 것은 여학생 몇몇이었고, ‘명태’,
‘동태’하고 놀려대던 나도 그중의 하나였다.

아마 담임선생님도 그날 이후 명태한테 조금은 다른 관심으
로 지켜보았으리라.

김명태, 중학교에도 못 가고 엄마 따라 장사를 해야 했던 그
아이는 지금 어떻게 살고 있을까?

장사를 익히고 돈을 벌어서 따습게 따습게 살고 있기를, 고향
을 생각할 때마다 늘 그 아이를 떠올리게 되고 열한 살짜리의
눈물까지 기억하게 된다.

고향! 날렵하거나 세련된 것과는 거리가 먼, 그러면서도 지긋
한 끌어당김과 따뜻한 영혼의 언어로 우리에게 다가오는 곳.

모든 것이 간소화되고 대충 때워 넘기려는 풍조가 만연한데
도 차례를 고향에서 지내고 조상님 산소에 넙죽 엎드려 절을 올
리고픈 마음들이 지극해지는 것은 어인 일일까?

아니면 그만큼의 많은 인구가 모두 어떤 의미로건 고향을 버
리고 온 사람들이라는 확실한 표시인가?

우리가 더 나은 직장을 찾아서, 더 훌륭한 공부를 위해서, 모
두가 타당하고 합당한 이유와 사연을 내세우면서 고향을 버리고

등을 보이며 떠나갔다.

다시 그것을 잊지 못해 돌아오는 길에 겪어야 하는 번잡을 어찌 거부할 수나 있겠는가?

유행가 가사같이 정이 들면 타향도 고향이 되는 경우는, 가고 싶어도 찾아갈 수 없는 실향민에게만 적용되는 이야기가 되고 말았다.

그러나 멀리 떠나고서야 고향을 그릴 줄도 알게 되었으니, 그래서 얻게 되는 작은 위안은 또 얼마나 다행인지 모르겠다.

우리가 한 번쯤 돌아보지 않으면 한 발짝도 더 앞으로 나갈 수 없을 때, 돌아보게 되는 지점에서 우리를 기다리는 곳, 그런 의식으로 모두는 고향을 생각하며 살아가야 하리라.

04
봄은 언제나 옳았다

3월은 봄이지만 봄이 아닌 달이다. 또한, 봄의 이름표를 매달 았지만, 그 다운 몫을 해내지 못하는 달이기도 하다. 그래도 봄 을 기다리는 마음은 성급하게 3월에게 봄이기를 강요한다.

아직 겨울이 우리 곁을 맴돌고 있고, 특히 이번 겨울같이 깡깡 한 추위를 겪어보지 못하고 맞는 이 봄의 예감은 불투명하기까 지 하다.

살얼음과 봄볕이 공존하는 달, 하지만 봄의 이름을 빌려 재빨 리 우리에게 쏟아질 수많은 외침은 얼마나 찬란한가? '봄의 유 행', '올봄의 색조 화장', '신춘 음악회', '새봄의 미각' 등등 모든 것이 봄의 향기롭고 따뜻한 어감을 빌어 같이 빛나고 싶어 한다.

봄을 돋보이게 하도록 다른 계절은 숨을 죽이거나 키를 낮추 지 않아도 이미 우리의 의식 속에 들어온 3월은 색상표에도 없는 여리고 고운 빛깔로 칠해져 있다.

해마다 오는 봄에 대해 왜 새봄이 왔다고 말하며, 사람들은 봄의 힘으로 젊어지고자 하는가? 침묵은 금이 아니다며, 이 봄에 무언가를 계획하고 결심하여 공개하도록 하라고 3월은 가볍게 충동질을 할지도 모른다.

봄은 잃어버린 것, 잊고 있던 것이 새롭게 떠오르는 계절이다. 내 기억 속의 첫 번째 봄은 4월에 시작되었다. 꽃 수건을 가슴에 매단 두근거리는 입학식, 새 책과 공책을 싸고 내 것이라고 반듯하게 이름을 적어 놓을 수 있던 그때는 초등학교 일학년의 봄.

낮은 동산에 올라보면 해를 받은 바다는 있는 대로 비늘을 세우며 번쩍이고 있고, 제비꽃이 파란 입술을 파들거리던 고향의 봄. 깃발을 날리며 나팔소리 드높은 곡마단의 등장, 허리가 한 옴큼 될지 말지 한 곡마단의 소녀. 그 소녀는 나이기도 했고 전혀 낯선 얼굴이기도 했다.

아기를 안고 볕 바른 창가에 앉아 해바라기 하던 봄은 얼마나 경이로웠는가? 아기는 햇살에 눈이 시려 한일자로 꼭꼭 눈을 감았고, 절대로 햇볕의 침입을 허용치 않으려고 했다.

그 아기가 문틈으로 길게 들어온 햇빛을 붙잡으려고 주먹을 쥐었다 펴던 또 다른 봄의 기억. 봄은 모든 것이 추억이 되고도 남는 계절이다. 술에 취한 듯한 진달래로 붉어진 앞산, 아지랑이, 요요 버들강아지, 뾰루지같이 맺히던 벚꽃 봉오리.

누가 그랬다. 봄에 바람이 많은 건 향기를 멀리 보내려는 뜻이라고. 그렇게 바람까지 합세하여 분홍빛으로 천지가 간지러워지고 여린 새싹까지 꽃으로 보이는 완연한 봄에 이르면 우리는 여태껏 팽팽하던 봄의 기폭이 느슨해지고 느닷없이 무감각과 노곤함에 빠지게 된다.

이때쯤 나타나는 느슨한 기운, '봄을 탄다.'라는 말은 봄의 포만감이 주는 일종의 무기력으로 나타나는 것이다. 얼굴이 꺼칠해지고, 자꾸 피곤하고 잠이 모자란 듯하고, 봄을 기다리며 세웠던 계획들이 시시해지는 이번 봄에 혹 내게 올지도 모를 무기력을 어떻게 맞이해야 하나?

가까운 곳으로 여행을 가리라, 밭둑에 자란 쑥을 캐는 재미도 누리고, 장날에 맞춰 맛있는 지짐이도 사 먹고 고추 부각도 사야지. 아니다, 주말에 놀이공원 가서 회전 기차를 타 볼까? 겨울을 이겨낸 동물들에게 손을 흔들어 주어야지, 이렇게 들쭉날쭉 변하고 싶은 마음도 봄날이라 그러한 것이 아닐까?

창문이 열렸나, 아기의 울음소리가 들린다. 노란색 학원 차에서 옆집 아이가 내린다.

눈이 마주치자 빙긋 웃는 아이, 예쁘다.

아 참, 잊고 있었네, 볕이 좋으니까 운동화를 깨끗이 빨아두어야지. 갑자기 마음이 움직여 서두르게 된다.

봄에는 모든 만남이 새로워지고, 뼈아픈 이별 따위는 짐작조차 할 수 없는 계절이다.

늘 겨울이 가기 전에 소리 없이 봄이 먼저 우리에게 왔듯, 차가워진 마음을 미리 녹이고 그를 맞아야 한다. 그래야 봄이 우리에게 주는 위안이 헛되지 않을 것이다.

언제나 우리 곁에 오는 봄은 옳았다, 틀리지 않았다.

05
사람의 손

지난 며칠 차노인車老人이 다녀간 후론 집 안팎이 일신한 모습을 지니게 되었다.

그의 작은 체구와 허리가 약간 뒤로 밀려 나온듯한 쇠로 함은 감출 수 없지만 빈틈없고 성실한 도장인의 직업의식은 여전하였다. 친척 언니의 소개로 알게 된 차노인車老人을 처음 봤을 때, 약해 보이고 허우룩한 모습에 저런 사람이 사다리 타고 천장 벽은 어떻게 오르며, 힘에 부쳐 넓은 담벼락은 어찌 칠할 것인가 걱정스러웠다. 그러나 이제는 그와 제법 오랜 인연으로 이어지고 있고, '아저씨'라는 호칭으로 불러주면 그가 좋아한다는 것까지도 알고 있는 터다.

"아저씨, 머리 염색하셨어요?"하고 물었을 때, "아이구, 너무 까매 보여 흉한가요? 마누라가 허연 머리로 다니면 안된다고 해

싸서" 하시곤 귀머리 쪽을 감싸고 웃으셨다.

철 대문을 칠하고 있는 아저씨 곁에 쭈그리고 앉아 듣게 된 그의 이야기를 옮긴다. 올해로 내 나이 70이니 55년 동안 붓질을 해온 셈이 되는구먼요.

15살 때 일본사람한테 참 꼼꼼하게 칠 일을 배웠지요. 그 사람 덕분에 일본에서도 좀 살았지요.

헌 것을 쓸만하게 바꾸어 놓는 일이 얼마나 신기하든지요.

처음에는 칠하다가 실수로 물감이 눈으로 자주 튀어들기도 했어요.

그럴 때는 쓰라려서 울다가 나중에는 속이 상해서 눈물이 나곤 했지요.

그러나 내가 배운 것 없어 이 짓을 한다고 생각하지는 않아요.

마누라도 직장 다니는 아들도 제발 이번 일 끝나면, 사다리하고 붓 통 버리고 들어오라는 성화를 벌써 몇 년째 하고 있어요. 돈벌이가 좋아서? 아니지요. 남의 집 일이지만 멀끔하게 일 끝내고 내가 한 일을 훑어보면 그렇게 기분이 깨끗해질 수가 없어요.

내가 하는 일이 이렇게 소용에 닿는 일이로구나 하는 기쁨 때문에 이만한 건강도 누리는 거지요.

큰 회사에는 로봇이 있어서 사람의 몫을 해낸다고 합디다만, 이렇게 세세하게 꼼꼼히 해야 할 데는 사람의 손이 가야지요. 기계로는 어림없어요.

한번 칠해서 모자란 곳은 두 번이고 세 번이고 붓이 가야 하는데, 로봇이 그런 감을 알기나 하겠어요?

이 도장일도 기계화 바람이 불어, 쓰겠다는 사람도 일하겠다는 사람도 많이 줄었어요. 생각해 보면 사람의 손은 악한 것에도 쓰이지만, 좋은 일에 쓰이라고 우리 몸에 있는 거지요. 손이 쉬면 인생이 끝인 거구요.

그래서 요즘은 마음이 바빠지는 기분으로 살아요.

나이가 들수록 몸뚱이는 그 시간만큼 닳아서 없어지는 게 아쉽네요.

참, 늙은 마누라가 집 앞에 있는 교회에 다니기 시작했어요.

내가 그랬지요. 마음을 닦는 일인데 너무 늦은 거 아닌가 하구요. 한 번 때가 끼고 녹슬기 시작하면 긁어내고 페인트칠하기 힘들어지는 것은 사람이나 물건이나 마찬가지라는 생각이 드는구면요. 때가 끼는 것은 어쩔 수 없더라도 녹슬지 않도록 살아야지요.

"혹, 빠진 곳이 있으면 꼭 전화하시오."

사람의 손이 할 수 있는 '좋은 일'을 가지신 차노인車老人을 내년에도 만날 수 있었으면 좋겠다.

06
새 달력을 걸면서

누구의 손도 닿지 않는 흠집 없는 얼굴이 고스란히 담긴 달력을 벽에 걸었다.

1월과 2월이 나란한 첫 장에는 눈을 소복하게 얹고 있는 시골집이 배경이 되어 펼쳐져 있다.

전에는 인쇄가 특이하고 종이가 좋은 외국의 달력을 걸어두고 본 적이 있었다. 그랬다가 공휴일과 국경일이 다른 것에 혼란이 와서 금방 걷어내고 말았다.

내 책상 앞 벽에는 별로 크지 않고 길지도 않은 음력이 드문드문 기재된 금융기관에서 나온 달력이 걸렸다.

'아무개 생일' 하고 써넣어야 할 공간, 'OO 원고 마감일' 하고 동그라미를 칠 수 있는 여백이 있는 달력이면 만족한다.

그런 다음 이 달력에 무슨 무슨 일로 하루가 계획되고, 그것이

빗나가지 않고 실행 됐다는 글씨로 삼백예순 닷새가 메꾸어질 것을 기대해 본다.

12월에 새 달력을 걸면서 대단한 새해맞이를 한 것 같은 착각에 빠진다.

그것은 새해가 주는 기대감 때문이다.

새 달력 그림에서와같이 지붕 끝에 종류순 같은 고드름이 삐죽하니 매달렸고 푸른색은 별로 찾아볼 수 없는 겨울 한가운데 있는 1월, 그렇지만 춥기만 한 달이라는 말을 1월은 별로 듣지 않아도 된다.

바람 한 점 없이도 저절로 카랑카랑하게 얼어붙은 엄동설한에도 사람들은 가슴에 봄과 희망을 품고 1월을 맞는다.

이것저것 궁리하고 계획을 세우고, 그러면서 조금씩 제풀에 부끄럼을 타게 되는 크고 작은 포부와 욕심들.

다행이다. 새해를 시작하면서 이만한 꿈도 계획도 엮어보지 못한다면, 그만한 여유도 갖지 못한다면, 얼마나 서글퍼지는 1월이 될 것인가?

자, 그러면 포장을 풀지 않은 새해에 우리가 해야 할 일은 무엇인가?

「…해야 하고」,

「…하고 싶고」,

「…은 하지 말아야 하고」라는 다짐의 계명을 부끄럽게 생각지 말도록 하자.

우선 나의 경우는 새해에는 멋 부리지 않는 글을 쓰고 싶다. 더러 엉성한 구석이 눈에 띈다고 해도, 굳이 새로운 표현이 아니라고 해도, 따뜻한 글로 누구에겐가 작은 힘이 되는 글을 쓰고 싶다. 그래서 맑은 울림으로 남게 되는 글이 되었으면 좋겠다.

가계부를 제대로 써야 할 일도 나의 몫이다. 아이들에게 일기 쓰기를 글짓기 공부의 기본이라고 은근히 강조하고 부담을 주면서도 가계부를 펼치면 찡그려지는 이유는 무엇일까? 아마도 그 노트를 누가 보아주고 검사하고 칭찬해 줄 사람이 없기 때문인지도 모른다는 생각을 하며 웃는다.

여행을 가리라는 계획도 빠트리지 않겠다.

지난가을 다산 정약용의 묘소가 있는 강가에 다녀왔다. 아직도 가 보지 못한 가까운 주변에 아름다운 강산이 있다는 것에 용기를 얻게 되었다. 계곡이나 산자락 바닷가 할 것 없이 떼를 지어 노는 사람들의 모습에 질려, 한때는 이름이 붙여진 곳에는 절대로 가지 않겠다고 한 적도 있었다. '아니 놀지는 못하리라'는 그들에게 시달리는 것은 사람이 아니라 자연이 먼저였을 것이다.

흔히 외국 여행이어야 여행이라는 명찰을 달 수가 있게 된 요즘이기는 하지만, 바쁜 일상 중에 잊고 있던 하늘과 바람과 들꽃에도 눈길을 주는 시간이 꼭 필요하다.

잠시 집을 떠나 자신을 돌아보는 일을 대단한 호사라고 생각해도 좋다.

장독 뚜껑이 열려있는지 닫았는지가 궁금하고, 아이가 집에 돌아와서 빈집에 쓸쓸해 할지도 모른다는 생각에 '후유'하고 걱정이 쏟아져도 좋다. 그러면서 얻게 되는 작은 자유에 의해 충실을 배울 수 있게 될 것이다.

이제 새해가 새롭게 열리는 시간 앞에서 조금은 감사하고 겸손한 걸음을 내딛어야겠다. 새해를 눈앞에 두고 이렇게 외쳐대는 나의 이 다짐이 만약 6월이나 7월에 행해졌다면 얼마나 맥이 빠지고 더워질 것인가?

지난해 1월에 했던 각오가 새해에 다시 들먹이게 되었다고 부끄러워 말자.

새해가 아니고 1월이 아니라면 우리는 어느 모퉁이에서 반성과 후회를 되새겨 볼 것이며 재도전의 계기로 삼을 수나 있을까? 다시 말한다면 희망을 잃지 않고, 꿈을 버리지 않는 마음, 그래서 더러 부대끼고 실망하면서도 끝까지 새롭게 시작하려는 용기와 기다림의 지혜 같은 것을 1월에는 사람들 모두가 내 것으로 잡았으면 싶다.

첫 번 단추를 채우는 기분, 새로 산 속옷을 꺼내 입는 느낌, 소풍 가기 전날 깜깜한 하늘을 올려보고 내일 해가 뜰 것인가를 점

치는 마음, 꼭 듣고 싶었던 사람에게서 듣게 되는 사랑의 고백 같은 것, 새해 새 달력을 걸면서 새날에 거는 마음을 이 정도로밖에 나타낼 줄 몰라 안타깝다.

내가 해야 할 일의 하나에는 기旗를 다는 일이 있다.

어느 노시인의 고향마을 버스정류장에 꽂혀있다는 '꿈'이라 적힌 깃발의 이야기를 듣고 감격한 적이 있는 나는 새해 첫날 우리 집 대문께에 깃발을 매달고 싶어 벼르고 있다.

국기를 다는 날에 1월 1일이 포함되어 있는지 잘 모르겠지만, 만약 아니라면 태극기가 아닌 다른 기를 달고 싶다.

초록색의 기가 어떨까? 병아리색의 삼각기가 괜찮을까?

비록 손 시린 날씨라고 해도 봄과 희망을 위해 새롭게 열리는 1월을 맞는 마음이 잘 닦은 유리창 같은 하늘 아래서 깃발로 흔들린다면, 나의 새해 새 출발은 부끄러우면서 행복하리라.

07
한여름 밤의 일

큰길에서 집까지는 얼추 700m, 드문드문 가로등이 불을 밝히고 그 불빛을 쫓아 하루살이가 지남철에 쇳가루 들러붙듯 몰려 있는 것을 보며 잰걸음으로 걷고 있었다.

내 발걸음 소리가 크다 싶었는데 아니었다. 내 발걸음에 맞추듯 걸어오는 또 다른 구두 소리. 조금 불안하다. 밤길에 제일 무서운 게 사람이라고 후딱 뒤를 돌아볼 수 없어 더욱 그랬다.

혹 누가 아나? 그 사람도 앞모습은 볼 수 없고 앞서 걷는 사람 제끼듯이 걸어갈 수 없어 따라오는 걸음인지도 모를 일인데.

길가로 열린 창문을 통해 텔레비전 연속극이지 싶은 소리가 가늘게 들리지만, 이 길은 오늘 저녁 따라 왜 이리 조용한가.

"저, 여보세요."

뜸 들였다가 부르는, 뒤에 오는 사람의 목소리다. 그는 예상대로 남자였다. 이럴 때는 귀가 안 좋은 척해야지. 우선, 그가 남자라는 것이 무조건 싫다.

"잠깐 실례합니다."

내처 부르는 소리가 바로 뒤 몇 걸음 차이를 두고 들린다.

나는 오른쪽 어깨에 멘 핸드백을 품어 안듯이 잡았다. 지갑 속에는 재발급 받기 번거로운 증명서만 몇 개인가. 오토바이 날치기를 당한 가까운 후배도 우리 동네 이 길에서 낭패를 당했었지.

아이고 큰일 났네, 누구 나오라고 하고 한길에서 기다릴걸. 이제 저녁 약속은 절대 사절이다.

"잠시 시간 좀 주십시오. 나쁜 사람 아닙니다."

이제 어쩔 수 없이 나는 그를 쳐다보지 않을 수 없게 되었다.

무슨 말을 해야 하나. 아니 이 남자가 시간 내서 내게 하고 싶은 이야기란 뭔가?

이 빨강 원피스가 원인이야. 우선은 타일러야지. 어두운 불빛 탓으로 사람을 잘못 볼 수도 있지 않겠는가?

짧은 순간에도 사람의 생각이 참 여러 갈래라는 것이 신기하였다.

그 남자는 얇은 잠바를 입고 내 막내 동생뻘 되어 보이는, 조금 멍해 보이는 인상으로 나를 보고 있었다.

"왜 그래요? 밤이 늦었는데!"

나의 입에서 나온 말이다. 밤이 아니고 낮이라면 괜찮은가?

나는 내가 한 말이 마음에 들지 않아 짜증까지 보태어졌다.

"조오기, 방범초소에 아저씨들 있어요. 얼른 가세요!"

나중 말은 더욱 어이없게 들렸다. 그런 투의 말은 우리 집 아이한테나 할 수 있는 꾸지람이 아닌가?

연거푸 허둥대는 소리를 하는 내게 그 남자는 입을 열었다.

"거참! 누가 댁을 유괴라도 할까 봐 그래요? 겁내기는!"

멍해 보이는 인상과는 달리, 그가 오던 길을 되짚어 내려가면서 야무지게 내뱉는 말이었다.

그래 저 남자는 나보고 자기는 나쁜 사람 아니라고 했었지.

나는 그를 얕보다가 동정하였다. 그러면서 서글퍼졌다. 사람을 무서워하고 낯선 사람을 철저히 경계해야 하는 세상을 살고 있음을 새삼 느끼게 되어서였다.

나는 집 대문의 초인종을 누를 때까지 노엽고 부아가 나기도 해서 겨드랑이에 땀이 배는 것도 모르고 있었다. 좀 어리석고 불안했던, 그러고도 지금은 생각하면 우스운 여름 저녁의 일이었다.

08
내리사랑의 엄마

아버지와 아들이 함께 걷고 있다. 뒷머리 모양이 비슷하다. 보기 좋은 곱슬머리다. 아들은 아버지처럼 씩씩하게 걷고 싶어 제 발걸음 폭보다 크게 내딛고, 아버지는 아들의 걸음에 맞추느라고 일부러 잔걸음으로 걸어 준다.

두 사람은 동네 어귀의 가게에 들어간다. 우유 하나와 캔 음료를 아들이 고르는 동안 아버지는 기다린다.

아들은 마실 것이 들어있는 비닐 주머니를 들고, 아버지는 아들의 다른 한 손을 잡고서 걷는다.

두 사람은 「목욕합니다」라는 입간판이 세워진 곳의 유리문을 밀고 안으로 들어간다.

'이다음 내 아들하고 목욕하는 것'이 희망이라고 했던 남자의 계획이 이렇게 주말마다 이루어지고 있다.

아내가 자기 몫의 일을 덜어내듯 떼밀어 보냈기 때문은 아니다. 그들 부자父子는 남자임을 인식하는, 그리고 아버지와 아들임을 확인하는 주말 행사를 즐기는 것이다.

목욕탕에서 아들은 잠시도 그냥 있지 않는다. 처음에 옷 벗고 욕실에 들어가는 것이 주뼛거려 잠시 지체되었을 뿐, 이쪽저쪽을 돌아다니는 아들을 챙기느라고 아버지는 바쁘다.

"엄마는 안 아프게 하는데…"

머리를 감기다가 샴푸가 눈에 들어갔는지 아들의 엄살 조 항의를 받는다. 모르긴 해도 제 엄마가 감길 때는, "아야, 아빠는 그렇게 안 해!"

그럴 것이다.

아들이 흘끔거리며 아빠의 벗은 몸에 눈길을 준다. 옆에 앉은 아저씨를 살펴보기도 한다.

"자, 가자. 엄마가 기다린다."

물장난을 많이 한 아들의 조그만 손가락 모두가 쭈글쭈글하다.

목욕 후의 약간 나른하고, 그렇지만 개운한 기분으로 아버지와 아들의 주말 행사는 그렇게 끝을 낸다.

시금치를 다듬고 있는 엄마 옆에서 딸아이도 제 일에 열중하고 있다. 입술이 쫑긋하니 나온 걸 보면 무엇엔가 골똘한 눈치다. 소꿉을 죽 하니 늘어놓고 이리저리 움직여 보고 다시 진열해 놓기도 한다.

"아줌마, 이거 얼마지요?"

딸은 웃지도 않고 말한다.

"응? 엉?"

"아줌마, 이거 좋은 거예요? 싸게 줘요."

누구에게 묻는 얘기인가?

"아, 네 오백 원인데요."

엄마는 얼김에 대답해 준다.

딸은 진지한 얼굴로 시금치 한 잎을 집어다가 소꿉 위에 놓고 반찬을 해볼 태세다. 엄마는 본의 아니게 채소가게 주인이 되었다. 아니 딸이 살림을 맡은 주부가 되었으니 할머니로 승격한 셈이 되는가?

엄마 아빠의 생활 자세가 바로 아이들에게 비칠 어른의 모습으로 도장 될 것이 분명하므로 버쩍 정신이 들었다.

조금 더 딸 아이의 얘기를 보탠다.

친구 정숙이와 영화 본 느낌을 주고받을 때였다. 이러저러한 얘기 끝에 지금도 주말 연속극에서 가끔 얼굴을 볼 수 있는 탤런트 K 씨, 이즈음보다 훨씬 젊고 매력적이었던 그를 두고, "얘, 그 사람 좋아, 괜찮아." 했던 것이다.

친구가 돌아가고 난 뒤, "엄마, 나는 우리 아빠가 더 멋있고 좋아!"

딸 아이가 내게 말했다.

"그래에?"

"엄마는 아빠가 싫어? 탤런트가 좋아? 나 아빠한테 이를 거야!"

딸아이는 나중 말은 아주 힘들게 꺼내면서 울음까지 보태었다.

처음엔 영문을 몰랐다가, 나중에야 그 말뜻을 알게 된 나는 웃어야 할지 참아야 할지를 몰랐었다. 딸아이의 표정이 너무나 진지해 보였고, 그 감당키 어려운 걱정과 관심은 아이 나름의 아버지에 대한 사랑의 표현이기도 하였으니까.

흔히 부모와 자식의 인연은 선택하거나 선택받을 수 있는 관계가 아니라고 한다.

그만큼 절대한 인연의 고리를 잡고, 이 세상에서 만나게 되는 것이라는 뜻일 거다. 그래서 눈이 멀고, 귀가 닫히는 사랑을 자식에게 쏟을 수 있는 것이고.

「꽃밭에선 꽃들이 모여 살고요, 우리들은 유치원에 모여 살아요.」

고사리 같은 손을 흔들며, 입은 모았지만 들쑥날쑥한 노래를 부르던 유치원 시절의 꼬마 아이.

그 아이가 어느새 자라 구구단을 외우고 독후감을 숙제로 받는다.

제 짝이 누가 되는가에도 지대한 관심을 쏟는다.

아이가 달라지는 것만큼 부모도 새로워져야 함은 물론이다.

아버지와 함께 목욕을 즐기던 아들도 언제부터인가 혼자 목욕하기를 고집했고, 은근히 아버지 역성을 들던 딸 아이도 용무 있으면 제 방에 노크하라는 문패를 걸어 놓았다.

가끔 너희들이 얼마나 슬기롭고 사랑스러운 아이였는가를 일깨워 설명하려 들면 아들은 슬며시 부끄럼을 타고, 딸 아이는 "피이, 그렇게 유치했어?" 하거나 몇 번 들었던 얘기라는 표정이 된다.

아직은 내 손과 눈길이 닿을 수 있는 거리 안에 아들딸이 있어 주어야 안심되고 행복한 엄마. 그렇지만 부모와 자식 간에 서로 아는 것이 없어지거나 점점 감추려 드는 것이 많아진다면 어떻게 될까? 내 어머니가 그랬던 것처럼 내리사랑의 정의가 어느 한쪽의 맹목적인 헌신이나 희생이어야 한다면…

어쨌거나 아직은 그런 내리사랑의 엄마이고 싶다.

09
우리 집이 제일 좋아

　내가 어렸을 때, 우리 집 안방과 부엌으로 통하는 작은 문은 밥상 정도는 쉽게 들락거렸지만, 가로대에 머리를 찧지 않으려고 상체를 절반은 구부려야 했던 작은 문이다. 그 문을 열어놓고 나는 어머니가 부엌 일하시는 것을 내다보길 좋아했다.

　어머니는 시멘트로 곱게 바른 부뚜막과 솥전을 몇 번이고 닦으셨고, 행주가 닿으면 솥뚜껑과 솥전에서는 찍 찍 김이 올라왔다. 나물을 무치면서 간을 보시고 김치를 썰어 접시에 담고 그중 넓적한 이파리 한 장으로 썰어놓은 김치를 폭 싸듯 덮어두시는 것 하며, 좁은 부엌을 왔다 갔다 하시는 어머니 모습을 보노라면 좋은 냄새가 그곳에는 항상 고여 있었다.

　그러한 어머니의 거동 중에 제일로 궁금한 것이 생겼으니, 그것은 식구들의 밥을 푸는 순서였다. 어린 나의 눈에도 사랑의 비

중을 저울질할 수 있는 확실한 증거가 된다고 느끼게끔, 된밥을 싫어하시는 아버지와 진밥을 싫어하는 아들의 밥그릇에만 신경을 쓰셨다. 그리고 보리쌀이 식욕을 돋울 수 있도록 고루고루 섞어 담는다는 것도 눈치로 알게 된 다음, 내 밥에 혹 누룽지 쪽이라도 씹히는 날이면 입을 삐죽대곤 하였다.

"엄마는 아들만 좋아 하고…"

그때의 나를 닮은 딸아이 유리안나, 내가 써먹던 투정을 가르쳐주지 않았는데도 곧잘 휘두르며 사용한다.

"나만 좋아해!"

너무 솔직하고 용감한 요구에 질리기도 한다.

아들아이가 아버지와 함께 지리산 등반을 떠나는 날, 준비물을 메모해서 하나하나 체크해 가며 챙겨주고 그 비품을 다시 챙겨 돌아올 수 있을까를 걱정하고 있을 때, "인형극 가기로 했잖아.", "박물관에도 가야 해."

유리안나는 오늘을 넘기면 안 될 듯이 성화를 부린다. 남편과 아들이 캠핑을 떠나기로 계획을 잡아놓고도, 이 일 저 일로 날짜가 늦춰지다가 겨우 떠났다. 여자는 산행山行에 적합지 않고, 더욱이 어린 동생의 처지가 아직 산에 오를 수 없다고 굳이 떼놓고 가야 한다는 아들의 어른스러운 요구가 이유 있다고 인정되었지만, 유리안나의 재촉은 아버지를 따라가지 못한 서운함으로 인형극과 박물관 견학을 투정 부리듯 졸라대었다.

신발주머니에 신발을 넣고 벽돌벽의 극장에서 딸과 함께 구경한다. 마리오네트의 '토끼의 재판'이다.

어떤 아이가 덫에 걸린 호랑이를 구해주었단다. 사흘 굶은 호랑이는 은혜도 모르고 아이를 잡아먹겠다고 으르렁거렸지 뭐니? 그래, 저기 오는 소에게 물어보자.

"소야, 이런 이런 일이 생겼는데 너는 어찌 생각하니?"

소는 눈을 끔벅이며 생각하는 눈치더니,

"잡아먹어도 돼! 너희 사람들도 우리 소를 잡아다가 실컷 부려먹고 그래도 모자라서 쇠고기, 가죽으로 없애지 않았니?"하고 외친다.

다음 사슴과 곰에게 물어 보았지만, 그들 역시 "너희 사람들은 녹용이다, 웅담이다 하고 우리를 괴롭히고 있지 않니?" 한다.

마지막으로 토끼에게 물어보았다. 빨간 눈을 가진 하얀 토끼는 지혜롭게, "그럼, 그때 모습대로 있어 볼래, 그래야 자세히 알 수 있지."

호랑이를 다시 덫에 걸리도록 해놓고 아이를 구해주었단다.

유리안나는 절반은 내용을 알고 있으면서도 아하하 웃고 재미있어 한다.

"어린이 여러분, 박수 안 쳐요?"

편하게 앉아 구경하던 아이들도 손뼉을 치고 즐거워한다.

박물관으로 가는 콘크리트 길은 햇빛이 반사되어 몹시도 더웠다. 드러난 팔뚝이 타버릴 듯 따갑다. 유리안나는 엄마하고 있다는 것이 신이 나서 땀이 흐르는 것도 개의치 않는 모양이다. 사실 경복궁의 국립박물관은 낯선 길이 아니다. 지난 3월부터 박물관대학의 학생이 되어 있는 처지니까.

잔디가 카페트 같이 잘 자란 고궁을 배경으로 모자 쓰기를 좋아했던 조무래기 때의 내 모습을 유리안나를 통해 보는 듯해서 기분이 나쁘지 않았다.

박물관 전시실을 돌면서 짧은 상식으로 설명을 해주고 의자에 앉아 잠시 쉬는 동안, 별로 흥미 없어 뵈는 얼굴로 건성으로 대꾸하던 유리안나는 자동판매기가 보이자 씩씩한 목소리가 되어, "엄마, 동전 있어?"

아이들을 기르면서 그들에게 나는 좋은 친구로 있고 싶다는 생각이 얼마쯤은 겉멋일지도 모른다는 생각을 하면서 우울해질 때가 있었다.

자녀교육에 과연 "절대적인 진리"가 통할 수 있을까? 아직은 어리고 별 말썽 없이 자라는 아이들이지만, 나의 형편대로 변형되고 나의 일일 때는 적당히 달라져 버리고 마는 기준은 없었는가? 우리 집 식구 중에 나의 키와 체중이 꼴찌가 될 날이 머지않았고, 따라서 내 아이들의 성장이 부담되어 나를 누르게 될 것 같은 압박감도 없지는 않지만, 우리 집이라는 말, 가족이라는 말이 주는 기쁨과 슬픔까지도 포용하는 커다란 느낌. 그것은 무게 없이 감싸지는 사랑이 아닐까 싶다.

나의 윤택하지 못한 사랑으로 목말라하고 외로워하는 가족이 있는 한, 그 사랑을 엮어나갈 역할이 쉽고 어려움을 어찌 탓할까? 산행山行을 떠난 남편과 아들이 얻어오는 것 중에 집의 고마움과 편안함을 첫째로 꼽아주었으면 한다. 두 사람의 배낭 속에는 더러 잊고 오는 물건이 있다 하여도 눈감아 주리라.

"아, 우리 집이 제일 좋아!"

진심으로 그래 준다면 말이다.

10
시장 사람들

내가 다니는 시장에는 단골 가게가 정해져 있다.

야채류를 파는 공주상회, 잡곡을 파는 성민 엄마, 건어물 부산 상회, 결혼하고서 딸 둘 낳고 가게도 착실하게 야물어지는 수입 품 상회.

이 동네에 자리 잡고서 8년. 그동안 나는 산비 가까이 한 번의 이사를 했지만 내가 정한 단골 가게는 바뀌지 않았다. 혹 빈 지 갑으로 시장에 들른다 해도 단골 가게에서는 내 바구니를 채워 줄 수 있는 사이가 되어있다.

그러나, 그렇게 편안하고 미더운 시장보기가 이 단골 가게 때 문에 겪는 민망하고 어색한 경우가 더러 생긴다.

시장이란 데가 어디 품목 하나에 가게 하나가 아니지 않는가?

야채 가게만 해도 다섯 집이나 되고 싸전도 세 곳이고, 건어물 가게도 나란히 두 곳 건너 또 두 곳.

내 단골 가게에서는 좋은 단골일 수 있을지 몰라도, 다른 가게에서는 내가 어떤 손님으로 보일까?

흔히 '장사 새암은 시앗 새암'이라고 하는데 오로지 단골 가게만 고집하는 나 같은 손님을 다른 가게에서는 어떻게 보아줄까 하는 생각이 들기도 한다.

어떤 날, 어머니 스웨터를 사기 위해 옷집을 기웃거리는데,

"이 동네 오래 사시죠? 손님한테 한 번 팔고 싶어요."하는

인사성 밝은 젊은 새댁 같은 주인의 권유에 마음이 약해져서 분홍빛 앙고라 스웨터를 포장하게 하는데 "어머, 시장 나오셨어요?" 하는, 최씨氏 아줌마의 눈초리가 왜 그리 서운하게 나를 보는 듯 했는지, 아무래도 그건 나의 지나친 염려가 아니었나 생각을 다져 먹는다.

뿌리가 붉은 맛있게 보이는 시금치가 단골 가게 아닌 옆집에 있을 수 있고, 식구가 모두 좋아하는 굵은 마른 새우가 건너편 건어물 상회에 새로 들어온 것을 볼 수 있어도 "조오기, 저 새우 다음에 갖다 놓으세요." 하고 참아야 할 때가 있다.

"포항초 시금치 아저씨네는 없네요."하고,

주의를 환기시켜 주기도 해야 한다.

야채 가게인 공주상회는 먼저 주인의 고향이 공주였을까? 그 간판에 연륜이 배어있다.

그 집 아주머니는 글은 잘 모르지만, 기억력이 좋아서 글 모르
는 불편을 기억력으로 덮을 수 있고, 일수 계를 아주 열심히 넣
었건만 계주인 밥집 여자가 야반도주했을 때, 눈물이 그렁한 얼
굴로 콩나물을 집어주던 날도 있었다. 그녀는 불구의 딸에게서
태어난 외손자를 끔찍이 아끼는 할머니다.

그녀의 불구 딸 이야기는 끝부분이 듣기에 푸근하고 희망적
인 이야기여서 어지간한 연속극보다 더 알려진 사실이다. 앉아
서만 생활해야 하는 그녀의 딸은 뜨거운 신앙을 가진 정상적인
청년을 만나 결혼을 했고, 믿음과 사랑의 모범적인 생활을 한다
고 한다.

나는 눈에 띄게 쑥쑥 자라는 그녀의 외손자가 순둥이라 더욱
귀여워 보였다.

건어물 부산상회 아줌마가 자궁외임신으로 수술을 하고 한
달 만에 가게에 나와 혈색 없는 얼굴에 미소 지으며, "염려해 주
어서 고마워예." 했을 때, "몸조심하세요."하는 나의 인사도 진
심이었다.

그들(단골 가게)의 내게 대한 관심도 남다르다

"좋은 버섯 나왔어요."하고 전해줄 때 고맙다.

수입품 상회 은희 엄마가,

"송이, 참 많이 컸던데요." 할 때도 좋다.

"어쩜 그대로세요? 글 많이 쓰세요?" 하는 인사를 위한 관심

에도 나는 기분이 좋다.

그들이 그곳에 있고 내가 이 동네에 사는 한, 나도 그들도 서로의 좋은 단골로 지낼 수 있었으면. 시장에 가면 열심히 살고 있는 그들의 모습이 때로 나태한 나의 어깨를 흔들어 주는 벗이기 때문이다.

11

여름방학, 그 새롭고 즐거운 기억

기차 창밖으로 사열하듯 척척 뒤로 물러나던 미루나무들. 그 나무가 꼭 미루나무였는지 이탈리아 포플러였는지 정확하진 않았지만, 그렇기로 그것이 무슨 큰 허물이 되겠는가?

나는 기차를 타고 있고 운이 좋게도 창가에 앉을 수 있었다.

입장권을 사서 들어오신 어머니가, "모르는 거 있으면 어른들한테 자꾸자꾸 물어보거라."하시며, 창가 자리에 나를 끌어다 앉혀놓고, 옆자리의 아저씨를 보고, "잘 부탁합니더."하시곤 꾸벅 절을 한 덕분이리라.

우리 식구에게 이젠 소용에 닿지 않는 헌 옷가지 몇 점, 갈치나 자반고등어라도 사서 드시라는 지전 얼마가 들어있는 비닐 가방 위에 두 발을 올려놓고 나는 창밖 풍경에 눈과 마음을 빼앗기고 있었다.

나의 목적지는 외할머니댁. 나는 방학을 맞은 신나는 여름 아이.

기차가 낙동강 철교를 지났고, 햇살에 하얗게 바랜 시골길이 나타난다.

이렇게 끝없이 갈 수가 있다면 그 끝은 어디일까.

햇빛을 받으면 거울처럼 번쩍이는 바다가 그곳에도 있을까?

기찻길, 미루나무길. 지금도 그런 길을 만나게 되면 시도 때도 없이 가슴이 설렌다.

미루나무가 슬금슬금 뒷걸음질하며 나를 배웅하던 그 길을 지나면 큰 도회지로 나갈 수 있고, 기차를 타면 어김없이 나를 알아보는 사람 없는 낯선 곳이 기다릴 것이라는 두근거림.

「여름방학」 무언가 새롭고 즐거운 기대로 나를 부르는 반가운 이름.

외할머니댁에는 나보다 한 살이 많은 외사촌 언니와 하모니카를 잘 부는 오빠가 있었다.

그때 내가 본 것은 봉선화꽃 물들이던 밤의 북두칠성과 초가지붕 위에 누운 펑퍼짐한 호박과, 뚫어진 러닝셔츠 속으로 흔들리는 외할머니의 젖가슴과 보리밥을 재끼고 이밥을 담아주시는 외숙모의 두둑한 손, 그리고 어디서도 구할 수 없는 푸근함이었다.

이제 이런 일을 기억하고 추억하기엔 쑥스러운 나이를 지나고 있음을 느낀다.

그렇지만 우리의 기억력이 유독 유년에서부터 선명해지는 이유는 의심 없는 순수함을 지녔기 때문이라는 나대로의 믿음을 갖고 있다.

흔히 작가는 그가 쓰는 글의 반 이상을 유년의 추억으로부터 끌어낸다고 한 말은 참으로 옳은 말인 것 같다. 선배 K는 그런 의미로는 상당한 부자이다. 그래서 그의 소설은 재미있고 고향과 유년이라는 광맥에서 캐내는 원석에 대해서 늘 감탄하게 한다.

그러고 보니 이제 여름방학이다.

"방학 동안만은 실컷 놀려야지요. 자연 공부나 시킬 계획이에요. 슬슬 책이나 읽혀야지요."

이렇게 그럴듯한 대답을 준비한 어머니일수록 자기 생각과 실제 행동 사이의 격차에 대해 감당하기가 어려울 것이다.

결국, 혼잣말로 얘기한다.

"다 놀아야지, 내 아이만 놀려서 어쩌자는 것이야."

그래서 아이들은 더욱 은근한 시달림 속에서 방학 생활을 하게 된다.

옛날 어느 고을에 나무를 심고 가꾸는 일을 아주 뛰어나게 해내는 정원사가 있어 비법을 묻는 사람에게 말했다.

〈나무를 심을 때는 자식같이 보살피고, 심고 나서 두는 것은 버리는 것같이 하시오. 그래야 그 천성이 온전해지고 나무의 본성을 제대로 얻을 수 있습니다.〉

이 말은 지나친 관심은 기실 욕심이 되어 나무(자식)를 산란하게 만들어 오히려 해가 된다는 말을 하고자 하는 것이리라.

아이들의 본성이 무엇인지 그것을 살펴보고 확인하는 일로 이번 여름방학을 어른들이 땀 흘릴 수 있었으면 좋겠다. 그래서 어른의 가슴에 걸린 유년의 추억을 우리의 아이들에게도 하나둘 도장 쳐 주어야 할 의무가 있음을 알아야 할 것이다.

12
떠나는 것은 새로운 희망

고등학생인 딸 아이의 학교에서 학부모를 보잔다는 연락을 받고는 시무룩해진 선배 언니를 따라 여학교 앞 제과점에서 언니를 기다리고 있었다.

"얘, 체육 있지? 왜 아직 아기가 없을까? 혹 불구아냐?"

소리 나는 쪽으로 돌아다 보았다. 여고생 셋이 도넛과 음료를 앞에 놓고 재잘거리고 있었다.

어디로 보나 불량학생으로 보이지 않는 밝고 고운 모습들이다.

그들은 계속 누구누구에 대해 흠을 찾아내고, 요즘 TV에 자주 등장하는 춤 잘 추는 여고생 가수의 이야기며, 아무개가 성형수술 했다는 소식까지 끝없이 이야기가 이어지고 있었다.

교복에 반기를 들었다가 몇 해 만에 다시 교복으로 돌아간 여학생.

그들은 교복을 입거나 아니거나 간에 전혀 비슷하지 않은 맑은 여학생들이다. 그들을 보면서 놀람과 의아함을 서서히 느낀다. 여학생들의 말과 행동에는 계산속이 없다고 느꼈기 때문일까?

무례하기까지 한 말버릇이며 행동거지가 그리 밉지 않게 느껴지는 내 자신 때문에 더욱 그랬다.

선배 언니는 딸의 성적이 너무나 떨어졌다는 담임의 이야기에 풀이 죽어서, "아무래도 나쁜 친구를 사귀고 있나 봐"라고 결론지었다.

나쁜 친구 때문에 나빠지고 또 나쁜 친구가 있었고, 이렇게 자꾸 거슬러 올라가면 맨 처음의 나쁜 친구는 어떻게 생겨났을까?

부모는 자식에 대해서는 과신하는 경우가 태반이다.

그렇게 믿는 마음에는 죄가 없기도 하지만 무엇보다 편안함을 얻고 싶기 때문이다.

유치원 혹은 초등학교 저학년 때 엄마를 같이 입학시키고 같이 배우게 하듯, 잔손이 가고 신경이 쓰이던 아들 딸들은 저들끼리 터득할 건 터득하고 눈치로 배워 알건 아는 모양이다.

그런 아이들이 사춘기를 맞으면 홀로 걱정을 안고 고민을 한다.

고민하는 자식을 보는 부모는 더욱 더 고민을 하겠지만, 누구에게나 이 세상에 홀로 튕겨 나온 외로운 경험을 기억할 것이다.

내게도 혼자 결정해야 할 홀로서야 할 시기가 좀 늦게 왔었다.

떠나는 것은 새로운 희망

이른 아침 버스를 탔다.

종점 가까운 동네여서 물을 찔끔찔끔 뿌려 청소한 티를 낸 버스를 탈 수 있었다.

청소하느라고 했지만 기름 냄새와 또 다른 냄새는 여전히 배어 있었다. 부지런한 가게는 문을 열 채비를 하고, 가방을 든 학생들 몇몇이 걸어가고, 강아지가 무엇인가를 찾기 위해 주춤거리고 있었다.

이른 시간인데도 더위가 피부에 닿는 느낌이 든다.

기차를 탔다. 종착지는 서울.

지금은 고속버스로 4시간 거리를 그때는 7시간 이상 기차를 타야 했다.

떠나는 것만이 새로운 만남이며 희망이고 가능성이던, 스물의 나이는 결정을 기쁨으로 느끼고 싶었다.

대한민국 어딜 가나 비슷한 풍경을 내다 본다.

기찻길 옆의 함석집 마루에 부채를 머리맡에 두고 누군가 잠을 잔다.

따가운 해가 하얗게 비치는 길을 꾸부정한 노인이 걷는 모습도 스친다. 무성영화를 보는 듯한 창밖의 무심한 풍경에 공연히 콧잔등이 시큰하다.

잠시 후 서울역에서 우리는 만날 수 있을 것이다.

한 사람을 선택한 나의 용기

나는 한 남자를 좋아했다.

그는 부자도 아니고 뛰어난 재주를 소유한 사람도 아니었지만, 나를 향한 우직함을 고집으로 품고 있었다.

그를 알고서 나의 젊음은 여름이 되었다.

여리고 순한 나무가 해를 받아낼 줄 알고, 소나기를 고이게 하고 땅속의 정기를 뽑아내어 꼿꼿이 고개를 들 줄도 알았다. 허술하던 발걸음 부터가 달라졌다.

그때 한 사람을 선택할 용기가 없었다면, 덥고 긴 여름을 받아들이지 않았다면, 나의 젊음이 그를 바로 볼 수 없었다면, 아마 내게 열매를 맺을 수 있는 가을은 허약하거나 존재하지 못하였을 것이다.

깡충한 짧은 스커트와 짧은 머리, 그를 기대며 웃고 선 그때의 나의 사진을 아낀다.

젊음은 의지이며 노력

누구에게나 젊음은 있다. 그리고 그것은 한 번이 아니고 운이 좋으면 몇 번이고 온다.

"참 좋은 때다"라는 말을 들을 수 있는 물리적인 젊음은 항용 누구나 누릴 수 있는 일회적 젊음일 수 있지만, 그 외의 것은 자신이 만들어 가질 수 있어야 한다.

나의 경우 아이를 기르면서 젊을 수 있었다. 아기가 엄마를 알아보는 일, 내가 아이의 얼굴을 읽을 수 있는 일. 소리가 아니고 눈빛으로 통할 수 있는 아기와 나의 묵계 된 언어가 있다는 것이 나를 달라지게 했다.

또 있다. 막냇동생 또래의 학생들과 대학의 강의실에 늦은 공부를 다시 시작했을 때, 그때는 내가 생각해도 왈칵 젊어졌다. 고등학교 시절에도 없던 여드름이 다 생겼다.

그 무렵 나의 스물네 시간은 고무줄의 늘린 폭으로 팽팽하게 긴장되어 있었다.

신이 인간에게 부리는 심술로 몸은 늙어도 마음은 늙지 않게 만들 거라 했던가?

"인생은 의지이고, 노력이며, 용기다"라는 말의 '인생'을 '젊음'으로 바꾸어 넣고 싶다.

분노해야 할 때, 분노할 줄 아는, 얼굴을 붉혀야 할 때 고개 숙일 줄 아는, 뜨거운 눈물을 쏟아야 할 때, 흐르는 눈물을 부끄러워하지 않는, 땀의 진정한 의미를 아는 젊음은 아름답다.

이기적인 젊음, 섣불리 물질에 탐닉하는 젊음은 진짜가 아니다. 원하기만 하면 언제고 누릴 수 있는 젊음은 절대 아니지 않은가?

누군가를 만나러 기차를 타러 갈 일이 없어진 이번 여름에 나는 누구를 만날 수 있을까? 마음껏 뜨거운 더위를 만나리라. 그 뜨거움에서 열매와 씨를 익게 하는 힘을 확인할 것이다.

에세이 5

01
산과 나

나는 산골에 산다.

마당에 서서 한 바퀴 빙 돌아보면 산이 겹겹의 연꽃잎처럼 동네를 감싸고 있는 곳이다.

앞으로 보이는 진달래가 예쁜 산은 앞산, 뒤란에서 보는 훌쩍한 봉우리는 뒷산, 멀리 해동사 절이 보이는 산은 건넛산, 이렇게 이름 붙여 부르기를 좋아한다.

여기서 서울 강남은 한 시간여, 이웃한 분당은 30분이면 닿을 수 있고, 동네 초입은 이미 아파트가 속속 들어서고 있는 곳이지만, 불과 40년 전만 해도 산 고개를 넘고 넘어야 학교에 갈 수 있는 오지였다고 들었다. 그래서 연세 드신 분 중에는 학교에 다니지 못해 글을 깨치지 못한 분도 계신다는 얘기다.지금 들으면 그야말로 옛날얘기 같은 사연이다.

지난겨울 두 번째 눈이 내렸을 때, 정류장에서 마을버스를 기다리던 복이 할머니, 기별 없이 버스는 끊긴 뒤였고, 도화지처럼 뽀얀 길에는 할머니 머리카락 색보다 더 깨끗한 눈이 두꺼워지며 쌓이고 있었다.

　산골 마을에
　눈이 내린다

　이곳에
　허실 없이 쌓이는 건
　눈뿐이다.
　눈이 길을 메워도
　갈 수 있는
　허리 굵은 정자나무 앞집

　내가 사는 곳

　납죽납죽 엎디어
　더 낮아질 곳 없는
　산 밑 닿은 마을
　하얀 정거장엔

이제 털모자 꺼내 쓴
중늙은이
어쩌면 오지 않을
버스를 기다린다

오늘, 이 마을엔
방을 내어 주지 않아도 될
묵어갈 사람 셋이나 넷쯤,
곧, 눈사람이 올 거다.

                    -나의 시詩 '하얀 정거장'

그때, 이 마을의 산은 참으로 요요하게 아름다웠다.

산이 숲을 품지 않았다면 결코 보여줄 수 없는 아름다움.

어디를 향해 빈 액자를 걸어도 그림이 될 듯한 빛나는 정경이 었다.

그날은 나도 은빛 나라의 주인이 되어 그리운 이를 불러 커튼을 밀어놓고, 벽난로에 불을 지피며 쌓이는 눈을 바라보고 싶었다. 산골의 특징인 쌓인 눈은 오래도록 녹지 않았고, 눈이 시리도록 햇볕에 반짝였다. 땟국이 흐르고 질퍽대며 녹는 지청구 거리가 된 도시의 눈과는 달랐다.

산에 오른다….

가파른 전나무숲 길, 하늘이 나뭇가지 사이로 얼핏 보인다. 가쁜 숨을 고르며 잠시 쉴 수 있는 곳, 여기서는 층층나무 길이다.

마구산馬口山 정상 가까이엔 철쭉이 무리져 늦봄까지 꽃을 피웠다. 정상은 6백 50m의 높이다.

산꼭대기를 향해 오르는 길, 어느 길엔 고사리가, 어느 비탈엔 방울꽃이, 각시붓꽃이 피고 지는지 나는 안다.

산의 아름답고 큰 가슴은 숲에 가보지 않은 이는 모를 일이다.

이 산골에 살면서 나는 어느 사이엔가 산에 매료되고 있었다. 산이 품어 키우는 숲을 홀로 사랑하게 된 것이다.

매일이다시피 그를 보지 않으면 궁금해서 견딜 수가 없었다.

숲에 들어갈 때는 햇빛 가리개 모자 따위는 쓰지 않는다. 흐르는 땀을 닦을 수건 한 장을 목에 두르고, 내 모습 그대로를 나무에게 보여주기 위해 산을 오른다.

그날은 이틀 동안 비가 내린 뒤였다. 늘 오르고 내려가던 길이어서 낯익은 산길. 나보다 먼저 우리 집 강아지가 달려가고 뒤따라 내려가면서, 빗물에 불어 떨어져 누운 떡갈나무 잎사귀를 밟으면서 나는 미끄러졌다.

'악!'하는 비명이 터지고 주저앉으며 짚은 왼손은 순간 내 것이 아닌 듯 움직일 수 없이 아파져 왔다.

엄지손가락 밑으로 손목뼈가 부러진 것이다.

7주 진단, 깁스한 왼팔은 오른쪽으로 접혀서 가슴 아래로 고정해 놓았다.

'다행히 왼손이어서 밥은 먹을 수 있고' 이건 나의 푸념이다.

'네가 더 나이가 들면 손이 두 개라는 것을 발견하게 될 것이다. 한 손은 너 자신을 돕는 손이고, 다른 한 손은 다른 사람들을 돕는 손이다'

말년에 정말 아름다운 두 손을 보여주었던 오드리 헵번이 아들에게 보낸 멋진 편지글이다. 지금의 나는 나 자신을 위해서 두 손이 절실하다.

오늘 오랜만에 산엘 올랐다.

숲에 들어서자 새롭게 다가오는 나무의 숨결, 나는 크게 숨을 쉰다. 저절로 눈이 감긴다. 못 본 사이 산은 더욱 늠름해지고 청정해져 있다.

이제 산은 나에게 조금은 유정해지리라 믿는다. 미끄러져 나뒹굴게 내버려 두지 않을 것이며 나 혼자의 외사랑으로 쓸쓸하게 하지 않을 그것이라는 믿음이 든다.

나 또한 마구산 정상에 올라 내 멋에 겨워 "야호!" 소리 질러 산을 어지럽게 하지 않을 것이다.

이제부터는 산에 대해, 나무에 대해 아는 것이 많은 척하지 않겠다.

지난봄, 앵초며 원추리며 제비꽃을 사다가 우리 집 마당에 옮겨다 놓고 불편한 땅에서 몸살 하다 결국 죽게 만든 일 같은 짓을 다시 하지 않을 것이다. 땅이 나빠서 자생력이 모자라서 핑계 대며 가차 없이 뽑아버린 들꽃에게 고개 숙인다.

전나무 숲이다.

마음껏 숲의 정기를 가슴으로 받는다.

고향 같은 느긋함과 평안이 나를 감싸준다.

깁스를 풀고 물리치료를 받고 다시 산을 만나러 와야지.

두 눈에 초록 물이 고일 듯, 나는 이제 조금씩 생기를 찾게 될 것이다.

한 번 더 숲을 돌아본다.

전나무 가지 사이로 보이는 하늘은 언제나 그렇듯이 특별해 보이는 옅은 파란색이다.

바지에 묻은 흙을 툭툭 털어내고 저 아래 낮게 엎드린 작은 마을을 향해 천천히 걸음을 옮긴다.

가다가 멈춘다. 누가 부르는 듯해서.

내가 사랑하는 그곳, 산은 다시 우뚝 높아져 있다.

02
시가 달아준 나의 날개

날개 달고 날다

동피랑, 바다가 보이는 마을의 벽화 거리.

풍성한 깃털로 보아 독수리쯤으로 되어 보이는 날개 벽화 앞에 서서 사람들은 차례를 기다렸다가 사진을 찍는다. 이렇게 날개가 필요한 사람들이 많았구나 싶다. 그저 심심풀이로 날개를 단 증명사진이 필요했었는지도. 내 차례가 되었다.

새삼 어색하고 민망스럽다. 친구들 기운에 밀려 차례가 되었지만, 이건 내가 할 짓이 아닌 것 같다. 쭈뼛거리는 내게 '홧팅! 파이팅!' 주변에서 카메라를 들이대며 사진 찍기를 요구한다. 얼결에 두 날개 가운데 어깨를 맞추어 선다. 발에 힘을 주고 앞을 바라본다. 억지웃음을 입가에 매달았는지도 모르겠다.

아, 놀라워라, 날개가 어깨를 살짝 아프게 누르며 나를 일으킨다. 드디어 나는 날개를 단다. 내 어깻죽지가 날개의 힘으로 돋친다. 가뿐하고 가볍다. 나는 이제 날지 않으면 안 된다.

순하게 세상을 향해 패러글라이딩하듯 난다. 작은 저수지가 보이고, 가지들이 생선 가시처럼 일어나는 전나무 숲을 스치며 '우 와아~' 희열로 터지는 내 것 아닌듯한 목소리.

이렇게 좋아하면 될 것을, 속을 내보인 것을 부끄러워하지 말 일이다.

이제 날개를 달았으니 절반은 이루었다.

무엇을 감추려고 하는가, 진정으로 네가 얻으려는 것이 이것 아니었는가!?

날개가 하늘과 바람의 기운을 얻어 이제부터 내가 날아야 할 곳은 어디까지인가?

햇빛의 어루만짐과 바람을 기다리는 한 마리 새가 되고 싶던 몇 번의 유혹이 있었음을 고백한다. 나를 띄울 날개를 믿고 여태 기다렸다. 청천백일에 꾸는 꿈이 아니다.

내가 얻고자 한, 이 날개는 무엇인가!?

에둘러 왔다. 나에게 오늘의 날개를 달아준 그것은 바로 나의 정인情人, 내 시詩가 아닌가 한다.

시가 달아준 아름다운 날개는, 시인의 나이와는 상관없이 살아가는 꿋꿋한 시.

시를 통하여 이루어지는 타인과 어울림.

외로움을 위무 받을 수 있는 시.

아, 어쩌면 이런 것이 아닐지도 모른다. 그런 드높은 견지의 시가 아니라 그저 어린 친구들이 나의 시와 함께 고개 끄덕이며 웃을 수 있기를 바라는 소박한 꿈에 이르면, 여태 품었던 생각이 응석 같아서 민망해진다.

고향에 찾아와도

동피랑이 있는 통영에서 나의 고향 마산은 멀지 않은 곳이다. 이제는 차들의 정체로 예측할 수 없는 시간이 소요되기도 하는 거리가 되었다고 했다.

지명도 창원시 마산합포구, 뭐 이렇게 시작하는 내게는 낯설고 어색한 이름으로 불리는 곳이 되었다. 차를 몰아준 지인은 "이쯤이 아닐까요?" 하고 나를 자산동이라는 곳에 내려주었다.

내가 태어난 곳이라는 것 외 기억할 수 있는 것이 있을 리가 없는 곳이다.

'고향에 찾아와도' 아무도 아는 사람이 없는 곳, 보고 싶은 사람이 살지 않는 곳.

어느 도시에나 있을 법한 커피집이 있고, 빵집이 있고, 낯설기도 하지만 그렇다고 딱히 아주 새롭지도 않은 곳, 고향이 내게 주는 영적인 환대는 무리한 기대였다.

눈에 띄는 커피가게 문을 민다. 단정한 차림의 바리스타 남성이 주문받은 에스프레소를 준비하는 동안 고개를 돌려본다.

사투리가 정겨우나 좀 시끄럽게 들리는 건너편 남녀, 싸우지는 않은데 목소리가 크다.

저쪽 한 사람은 핸드폰에 코를 박고 있다.

어찌할꼬! 아주 오래전 이곳에서 한 남자를 알고 첫사랑이란 것을 시작하여 자신의 딸이 수도자가 될 수 있으리라 기대했던 어머니를 실망하게 만들었던 나를 떠올린다.

그 처녀애가 어느 골목에선가 하얀 얼굴로 불쑥 나타날 것 같아 가슴이 뛴다.

이런 흔들림을 고향에서 받게 될 줄이야!

유행가 가사에 있어야 어울릴/ 고향이라는 단어는/ 왜 누추와 아픔을 달고/ 내게 오는지 모르겠다/ 이 나이에 그렇다/ 그리워야 고향이라면/ 내게 고향이 없다/ 떠나 산지 그곳에서 살았던 거보다/ 두어 배가 넘고/ 무엇보다 보고 싶은 사람/ 하나둘 잊혀지고 떠나가고/ 추억까지 잦아들었다/ 흉내 내기조차 망향은 어울리지 않아/ 그저 흉터같이 남아 뜯어 버릴 수 없는 것/ 그

흉터 쓰다듬으면/ 마음 한쪽이 아리다/ 내게 고향은 그리운 곳이 아니다/ 무엇에 삐친 구석이 있어 그런다면/ 그것만 바루면 될 터이지만/ 그리워하고 힘을 얻을/ 염치조차 없는 곳이 되어 버린 곳/ 그래서 한동안 고향을 잊기로 하였다.

-시詩「한동안 잊기」전문

이 시를 고향에서 출간되는 간행물의 청탁을 받아 보내고 잠깐의 흔들림이 있었지만, 그때의 심정을 솔직하게 표현한 것이어서 버리고 싶지는 않아 다시 꺼낸다.

그즈음 아주 잊지는 않고 한동안 고향을 잊었으니까.

선생님, 우리 선생님

자산동에서 추산동 그리고 완월동을 거치면서 나의 유년과 청소년기는 이어졌다.

내 또래라면 모두 짚고 가야 하는 6·25, 그 전쟁을 제대로 기억하지 못하는 건 어린 나이이기도 했지만, 피난을 떠나거나 혹독한 전쟁의 아픔을 겪지 않아서가 아닌가 싶기도 하다.(이것도 어디까지나 세상 물정 몰랐던 나의 생각일지도)

우리 가족만 살던 집에 갑자기 많은 식솔이 생기고 한동안 복

닥거리며 살았던 것만 기억에 남는다. 타지에 살던 일가들이 피난을 와서 함께 살게 되었던 것이리라.

그렇게 사변을 겪고 초등학교에 입학하게 된다. 그때는 국민학교다.

그 시절 콩나물 교실과 열악한 학교 시설을 얘기하는 건 별 의미가 없다. 가난을 몰랐던 가난한 시절이니까. 술지게미를 밥 대신 끓여 먹고 학교에 와 얼굴이 붉어 있던 남자아이, 단체로 회충약 산토닌을 학교에서 먹게 하거나, 비를 맞으면 머리에 이가 생긴다고 알았던, 그래서 그것을 박멸하기 위해 지금은 부작용으로 사용금지 된 DDT 가루를 쐬게 하여 머리통이 허옇던 일은 추억이 되었다.(이 글을 쓰는 나도 낯설게 느껴지는데 읽는 이들은 오죽하랴!)

4학년부터 6학년까지 담임이셨던 김종근 선생님.

고향이야기를 몇 곳 지면에 쓴 적이 있고, 그때마다 김 선생님의 얘기는 빠트리지 않았다.여러 가지 예술적인 소양이 있었던 선생님은 글짓기에도 열정을 쏟으셨다. 나의 어설픈 시에 곡을 붙여 반가(班歌)를 만들어 수업 시작 전에 부르게 했고, 문집을 만들게 하여 글짓기를 독려하셨다. 지금에 이르러 생각하면 선생님의 칭찬이 거름이 되어 이만큼의 나를 키워주신 것으로 생각한다.

'너는 글을 쓰는 사람이 될 것'이라고, 나의 앞날을 점지하듯 말해 주신 분은 선생님이었으니까. 내 문학의 선생님들을 〈선생님, 우리 선생님〉으로 자리에 모실 수 있으니 애틋하기 이를 데 없다.

천주교 계열의 성지 여학교에서 만난 정 수녀님과 정순희 선생님, 그리고 이승주 선생님이 계셨다. 도서관장이셨던 수녀님을 도우며 열심히 책을 읽었고, 팀을 만들어 지방 예술제 백일장을 연례행사로 참석하던 일, 소설가 김 훈의 이모였던 정순희 국어 선생님의 귀염을 받아 선생님 자취방에서 교과에 없는 문학에 대한 선생님의 삶과 꿈에 대해 듣던 얘기는 사춘기의 내게 새로운 눈과 귀를 열어주었다.

동국대를 나온 이승주 선생님의 은사였던 서정주 시인을 모시고 시화전을 열고 시인의 말씀을 들었고, 시골 학교 여학생에게 격려 차원으로 주셨던 분에 넘치는 칭찬을 받기도 했다.

이때부터 어머니는 병으로 병원행이 잦았고, 집에는 탕약 달이는 냄새와 어머니에게서 나는 파스 냄새, 우리 형제는 서로에게 눈치를 보던 일은 아픈 기억이 되었다.

동시 '엄마가 아플 때'는 이때의 기억으로 쓰였다.

내게 엄마는 늘 아픈 엄마로 남아있어 지금도 아프고 슬프다.

만학도라는 이름으로 대학에서 만난 이재철 교수님, 일반 시詩로 등단하였지만, 교수님의 열정에 힘입어 아동문학에 대한 길을 새로이 알고 걷게 되었다.

교수님에 대한 추억은 이 지면으로는 부족할지도 모른다.

일간지 칼럼에 내 시를 인용해주신 구상 선생님, 그때 선생님은 '주부 시인'의 시詩라고 내 이름을 거명하면서 그렇게 덧붙이셨다. 1979년 첫 시집을 발간한 두 아이의 엄마이기도 했지만, 나를 특별히 '주부 시인'으로 불러주신 뜻을 안다. 선생님은 내 시에서 나름의 미숙함과 또 순정을 읽어내셨기 때문이라는 것을.

선생님의 소개로 만나게 된 윤석중 선생님, 두 분의 우정 사이에서 나는 사람과의 정에 대해 배울 기회가 되었다. '이젠 새싹회만 가느냐'며 우스개를 하시던 구상 선생님. 정말 윤석중 선생님과 새싹회, 그리고 나와의 인연은 지금까지 길게 이어지고 있다.

「한국문학」 신인상에 시를 뽑아주신 박재삼 선생님, 동아일보 신춘문예 동시를 심사하시고 뽑아주신 어효선 선생님, 댁 창을 가리는 메타세쿼이아 나무를 보며 양주 한 방울 넣어 타주시던 커피 한 잔과 피천득 선생님, 너무나 정 깊고 멋있었던 박홍근 선생님, 나의 문학의 길에서 만나게 되어 배움과 큰 힘을 주셨던 선생님들을 생각하면 그 정복에 지금도 가슴이 따뜻해진다.

갚을 길 없는 감사함을 가슴에 쌓는다.

거푸집

내가 써야 하는 이 글의 중심은 '내 작품의 고향'이다.

나의 실제적인 고향이거나, 작품의 모태가 된 고향이거나, 고향에 대한 의미의 틀은 크게 다를 게 없다는 생각으로 글을 시작했다. 지금까지 내 글의 바탕은 알게 모르게 고향이 거푸집이 되어주었다는 것을 인정하게 된 것은 나이 듦과 함께 왔다.

소리하는 집의 탱자나무 낮은 담, 아버지를 찾아와 문밖에서 장구 소리를 오래 듣고 있었던 쓸쓸한 저녁의 기억, 거울처럼 빛나던 조용한 바다가 어느 날 바람과 어울려 무서운 얼굴로 돌변하는 것도 보았다. 나는 바다를 사랑하지만 두려워한다. 바다 특유의 내음을 맡으면 그곳이 어디라도 반은 접어 점수를 더 주고 시작한다. 친근감을 느낀다는 뜻이다. 고향이 주는 애련함을 받아들이면서, 그곳이 내 모든 시의 원천이 되었다는 것을 인정할 수가 있었다. 내 삶과 시에서 고향을 살아남게 했으니 아주 조금은 칭찬을 받아도 좋으리라.

우리는 누구입니까/ 빈 언덕의 자운영 꽃/ 혼자 힘으로 일어설 수 없는/
반짝이는 조약돌//
우리는 어떤 노래입니까/ 이노리나무 정수리에 낭랑 걸린 노래

한 소절/

아름다운 세상을 눈물 나게 하는/ 눈물 나는 세상을 아름답게
하는//

-시詩「그대」의 일부

1982년 가수 이태원의 곡에 수록된 「그대」는 라디오 심야프
로 엽서 집계에 뽑혀 방송국 전화 인터뷰 초대를 받았다. 아쉽게
도 가수의 이름으로 시가 등록되어있다는 것을 최근에 알았으나
그런 일은 크게 중요하지 않다. 많은 이에게 기억되면 그것으로
충분하고, 꽃 사과같이 예쁜 빨강의 이노리나무 열매와 분홍 섞
인 보랏빛 자운영 꽃은 시와 함께 내 곁에 머물 것이니까.

시는 내게 청정함을 요구하기에 시와 마주할 때 나는 진정해
지고 아름다울 수 있었다.

'시는 결코 완성되는 법이 없다. 다만 던져질 뿐이다' 발레리
의 말이다.

내가 꿈꾸는 웅숭깊고 그러면서 따뜻한 시, 그 '완성되는' 시
를 위해 독자의 힘을 빌리고 싶다. 언제인가 거푸집이 제 역할을
못 하게 되는 날이 올지도 모르겠다.

미리 두려워하지 않으려고 한다.

나 자신으로부터 시작되는 문학의 발 디딤에 고향이 있고, 그
바탕으로 시가 걸어 나갔으니 무엇을 바라겠는가?

스스로 시가 나의 날개가 되었다는 고백을 하고, 그 날개 있음이 행복하다고까지 말해 놓고, 접고 싶고 웅크리거나 부담스러워 할 때가 있을 것이다.(실제로 그렇다)

이제 쉽게 백세시대라고 말을 하지만, 나는 젊은 나이가 아니다. 그렇다고 결코 젊음이 부럽거나 그 시절을 아쉬워하거나 그리워하지 않는다.

일별해보니 동시 선집 한 권을 포함하여 동시집 23권, 시선집 한 권을 포함하여 시집 9권이 내 방 책꽂이에 꽂혀있다. 그리 게으름을 피운 것 같지는 않다.

나의 고향, 문학의 고향, 이 글이 고향에 대한 작은 '돌아봄'과 '그리움'이 되지 않을까 싶다. 이 글을 쓰면서 무엇을 믿어 그러는지 자꾸 그런 마음이 든다.

03 시詩 나무 키우기

지리산 둘레길을 다녀왔다.

3월 하순이지만 기상 법칙이 깨어진 탓인지, 남도의 봄기운을 받으려 했던 기대가 무색하게 눈이 내릴 듯 음울한 날씨는 바람 때문에 더 차가웠다. 산수유가 깨소금 같은 노란 꽃을 달고 있는 모습은 서울에서도 보았던 것이고, 산등성이 군락의 진달래가 피기엔 시간이 걸려 보였다. 그런데 소나무는 달랐다. 봄의 청청한 기운을 미리 받아선가 물이 오른 나무는 색상표에도 없는 푸른빛을 머금고 눈을 닦아 줄 듯이 맑고 푸르렀다. 이 솔잎을 보는 것만으로 둘레길을 찾아온 이유가 되고 남았다.

'물오른 나무'
물이 오른다는 말은 나무에게 제일 적합한 표현이다.

우리 집 마당에 나무를 심어주던 분이 그랬다. 나무는 서운하다 싶게 심어야 하고, 물이 오르기 전에 옮겨야 한다고. 그의 말이 옳다는 것을 체험하며 살고 있다. 서운하다 싶은 공간을 채우도록 나무는 나이가 들수록 몸이 벌어진다. '젊음'이 우리 사회를 이끄는 원동력으로 믿고 있는 시대를 살고 있지만, 나이듦 그리고 '늙음'이 아름답고 멋질 수 있다는 증거를 나무는 우리에게 충분히 보여준다.

아주 오래오래 전, 이 지구에 식물의 시작은 이끼가 뿌리 내리면서라고 한다. 이제 우리나라는 나무를 심는 일보다 관리하는 일이 우선이라는 산림청 관계자의 말을 들었다. 시인이기도 한 그분의 말 중에 새겨들어야 할 말이 있어 옮겨 본다. 시인들이 나무의 이름을 시에 올리는데 과연 그 나무에 대해 얼마나 알고 있는가? '물푸레나무'의 시를 읽고 난 시인에게 독자가 질문을 했다. "물푸레나무는 어떤 나무인가요?" 시인은 물푸레라는 이름이 좋아서, 시적이어서 썼노라고 솔직하게 대답을 했다. 시인이 자신의 시에 올릴 수 있는 나무에 대한 예의라면 그 나무에 관한 관심은 달라져야 한다는 산림청 시인의 말이다. 물푸레나무 숲에서 나무를 알아보지 못하는 일은 나무를 슬프게 하는 일이지만 시를 슬프게 하는 일이라고. 그 말은 내게도 아프게 다가왔다. 나에게도 해당하는 말이기도 했으니까. 내 시의 '이노리나무'가 그것이다. 이노리나무는 그림과 사진으로만 알고 있는 나무였지만 이제는 내 시에 자리 잡은 지 오래되었다.(이제는 나무를 제대로 안다.)

'내가 그의 이름을 불러주었을 때' 내게로 다가오는 것이 어디 꽃뿐이랴? 사람도 나무도 풀도 세상의 모든 것이 그러할 것이다.

1998년 산림청에서 주관한 〈생명의 숲과 문학의 만남〉에서 조사한 것을 보면 시집에 나무 이름이 많이 나온 시인은 윤석산(80종), 선석정(41종), 김관식(41종) 순으로 나타났다. 우리 동시인들도 나무와 식물에 관해서는 관심이 남다르리라 생각한다. 굳이 등위를 매기지 않더라도 시인들의 눈은 자연에게로 향하고 열려 있기 때문이다.

우리 모두 '시의 나무'를 키워보면 어떨까? 이름이 있는 특정 나무를 정해 시의 나무로 키워도 좋고, 내가 붙여준 이름을 가진 나만의 나무를 자라게 해도 무방하리라. 시의 나무를 키우고 가꾸는 시인, 그 나무가 튼실해짐과 같이 시인의 시도 몸피가 굵어지고 늠름해지지 않겠는가! 한꺼번에 보기 좋게 자라기를 기대하지 않아도 좋으리. 시의 나무는 더디게 자라도 절대로 시인보다 먼저 숨을 놓는 일은 없을 것이고, 더 오랜 생명을 누리게 될 것이니까.

시의 나무 거쿨진 그늘에 몸을 누이고 하늘의 별을 보고, 흙냄새를 맡아보자. 시가 안 되는 날일수록 자주 나무의 등을 쓰다듬어 주자.

이 글을 끝내는 아침, 내가 사는 산골 동네 두 그루 벚꽃이 꽃구름처럼 환하게 떠올랐다. 서울보다 일주일 늦은 개화다. 이 글을 읽게 되는 날은 어떤 꽃이 필까? 아마도 꽃보다 더 싱그러운 신록을 맞게 될 것이다.

봄날은 이미 시작되었고, 기다린 만큼 아쉬움으로 짧게 끝날 것이다.

늘 그랬던 것처럼~

04
꿈꾸고 깨어난 아침

새벽잠에 꿈을 꾸다니, 그것도 어머니 꿈을.

꿈을 깨고 난 뒤의 허망함, 그래서 사람들은 꿈을 꿈만큼 밖에 인정하지 않으려는 것일 거다.

돌아가신 지 2년,

'어떻게들 사나?' 아니면 '날 벌써 잊었나?' 궁금해서 꿈에 나타나신 걸까?

잠에서는 깨었지만, 침대에서는 그대로 몸을 움직일 수가 없었다.

앞가리마 타시고 드문드문한 흰 머리를 곱게 빗어 뒤로 모으고 번쩍거리는 양단 치마저고리를 입으셨다.

어머니 얼굴이 그렇게 동그라셨나? 젊고 건강하셨을 때 어머니는 그랬을지도 모른다.

"어머니, 엄마!"하고 다급하게 불렀을 때, "나, 네 엄마 아니다."하시곤 장난치듯 웃으셨다.

그 웃음이 나쁘게 보이진 않았다.

"나는 괜찮다."

무엇이 괜찮은 것인지 괜찮다고 하셨다.

광택이 나는 치마저고리는 촌스럽게 몸에서 겉돌았지만, 나들이 모습의 어머니는 고우셨다.

내 어머니에게도 젊고, 아프지 않은 날이 있었을 것이라는 생각을 하니까 마음 한쪽이 따뜻해지면서 울음이 솟았다. 늘 그랬지만 내 꿈은 왜 이렇게 연결 부분이 흐릴까? 그래서 꿈이 되고 마는 것인가.

누구에게 옮길 수 있는 이야기론 낙제다.

그러나 꿈에 어머니를 만났다는 것이 놀랍다.

병약하고 노쇠한 모습이 아닌, 내 딸 아이의 모습도 언뜻 느낄 수 있는 어머니를 보았다는 것이 신기하고 좋다.

나는 젊고 팽팽한 어머니를 잘 기억하지 못한다. 어머니는 늘 몸이 아프셨고 병에 휘둘리며 나이보다 힘들게 살아오셨으므로.

이제야 뺨이 통통한 젊은 어머니를 꿈에 뵙게 되다니, 딸아이가 외할머니를 아주 많이 닮았다는 것도 알게 해주시다니.

달에 지구인이 첫발을 딛는 모습이 흑백 TV에 흐리게 나타나고 있었다.

"엄마, 저것 보세요. 달나라에 사람이 내렸어요!"

어머니는 흘깃 화면을 한번 바라보셨을 뿐 무관심이셨다.

그 무관심의 뜻을 나는 안다.

아무도 흠집을 내지 않아야 할, 멀리서 가만히 우러러보아야 할 달에 누군가의 발자국은 싫었기 때문이신 거다.

늘 바라보는 하늘에 떠 있는 달은 어머니에게는 밝은 하느님 이셨기도 하셨을 것이다.

어머니는 하느님을 믿으셨고 그 하느님은 어머니를 강하게 일으키셨다.

「사랑이 많으신 아버지 하느님」으로 시작되는.

간절한 어머니의 기도는 주로 살펴보아 주시고 긍휼히 여기 시라는 주문일 때가 많았지만 끝부분은, 「당신의 뜻이 아니시면 이루어지지 않아도 감사하나이다.」라고 끝을 맺으셨다.

어떤 시인은 별 하나에 어머니를 그리워했었다. 그는 남자였 기 때문에 별에다 어머니를 느꼈을까?

당신이 앉았던 방석, 보라색 도라지꽃, 스슥한 무국, 또 있다. 지금 내 목에 걸려있는 어머니가 주신 호박 목걸이. 이 세상에 어머니가 남겨두신 흔적이 어디 숫자로 셀 수 있던가? 이런 그리 움은 이미 어머니를 이별해버린 자식이 받아야 하는 불효에 대 한 형벌이 아니고 무엇인가?

2년 전 그날 영결식에서 '죽음을 통하여 우리는 다시 만날 수 있는 예비된 문을 들어서게 된다.'는 신부님의 말씀을 절반은 위로의 말로 우기고 싶으면서도, 어머니가 타고 가실 행려 차가 가까운 동네로 마을을 떠나시는 어머니의 여행차이기를 바라는 간절한 기도를 바치게 되었다. 또 그 기도가 어머니와의 아픈 이별, 죽음에 대한 두려움, 내가 살아있음에 대한 송구함까지를 어느 정도 가라앉게 해주었다.

　남아있는 우리에게 반성과 후회와 그로 인한 겸손과 작은 희생으로 자꾸자꾸 착해지도록 어머니는 지금도 우리에게 타이르고 계신 것이다.

　어머니를 그리면서 마음껏 소리를 내 울어보지 못한 것은 어쩌면 잘한 일인지도 모른다. 오늘 꿈에서처럼 자주 어머니를 만났으면 좋겠다. 동그랗고 통통한 얼굴의 어머니 모습이면 더욱 좋겠다. 다시 꿈에서 어머니를 만나면 잠깐 헛디디어 떨어진 듯 그냥 헤어지는 일은 없을 것이다.

　정정한 어머니와 함께 사는 친구를 보면 감출 수 없는 질투가 난다고 말씀드릴 것이며, 어머니가 못 보셨던 들깨 같은 점點이 얼굴에 몇 개 생겼노라고 투덜거려 보아야지. 내 말이 끝나기 전에 결코 어머니는 당신 일이 급하다고 일어서진 않을 것이다.

　꿈을 꾸고 깨어난 아침은 말이 많아질 것이고, 꿈이 꿈이 아니라고 믿는 시간이 오래일수록 나는 꿈으로 행복할 것이다.

05
내게 온 목걸이

우리는 매일 한두 가지의 물건을 사며 살게 되어있다. 콩나물, 두부에서부터 어떤 날 그야말로 앞뒤 재지 않고 불쑥 충동 구매로 징이 박히고 스팽글이 붙은 진 셔츠를 사기도 한다. 그러나 쓰기 위해 돈을 번다고 얘기를 한다면 잘 쓰는 것은 잘 버는 것과도 통하고, 벌기가 어려운 만큼 잘 쓰기 또한 쉽지 않은 법이다.

'뭘 해서 돈을 버나?' 하는 공상이 포함된 계획보다는 적은 돈이라도 아끼는 마음이 오히려 더 부자가 될 수 있는 방법이 아닐까? 그러나 안 쓴다는 것, 잘 쓴다는 것도 쉬운 일은 아니다.

후회가 따르는 과한 지출을 하고 몇 날을 앓기도 해야 하고, 백화점의 진열장에서 느낌과 돌아와 집 안방의 거울에서 전혀 다른 느낌을 받게 되는 실패한 구입은 없었는가? 실수하고 후회하면서 우리는 잘 쓰는 방법을 터득해 나갈 수 있는 일이 아닌가 싶다.

대체로 구매력이 강하고 실제로 그 위치에서 당연히 우위에 있는 여성들의 경우 가계에 필요한 구매는 물론 쇼핑이 심리적인 허기를 충족시키는데 가장 빠르게 효과를 보는 경우가 있다.

나의 경우, 마음이 몹시 울적하던 날 백화점 화랑에 들렀다가 액세서리 판매대에서 불쑥 산 목걸이에 유난히 애착을 느낀다. 그 목걸이는 산酸처리로 은銀세공이 되어있고 몇 개의 원석이 박힌 것으로, 겨울에 까만 터틀 세터 위에서는 아주 잘 어울리고 정장을 제외한 어떤 옷에서도 어울려 내게서 사랑을 받아오는 목걸이다.

비록 계획 없이 충동적으로 내게 온 목걸이는 목에 두를 때마다 그날의 암울했던 기분이 떠오르고 자신을 토닥거릴 수 있도록 도와준, 동기야 어찌 되었건 내게 심리적인 위안과 보상 감을 준 물건임은 분명하다.

이런 경험도 있다. 슈퍼마켓에서 고급스러운 포장으로 멋을 부린 낯선 모양과 이름을 가진 과일을 보았다. 비닐하우스에서 재배에 성공한 과일인 모양이었다. 곁에 있는 점원 아가씨에게,

"아가씨, 이 과일 맛이 어때요?"

아가씨는 하는 일에 열중한 탓인지 쳐다보지도 않은 채, "먹

어보지 않아서 몰라요."

그랬다. 너무나 솔직한 대답에 더 할 말을 잊고 말았지만 솔직한 대답일지는 몰라도 성의라고는 찾아볼 수가 없는 대꾸였다. 미소까지 띄우지 않더라도.

"글쎄요, 아마 멜론 맛과 비슷하지 않을까요. 사가신 분들은 맛있다고들 하는데요."라고 했으면 어땠을까?

단골 가게나 단골 백화점이 그래서 생기는 것이다. ○○ 가게는 주인 여자가 안목이 높아서, 혹은 내 취향에 맞아서, ○○ 백화점은 교통편이, 분위기가 좋아서 혹은 친절한 서비스가 좋아서 등등으로 우리는 자연스럽게 유대감을 갖게 된다.

값비싼 물건이 아니고 거창한 부피가 아니라도 좋다. 립스틱 한 개, 깜찍한 설탕 그릇 하나, 이쁜 무늬의 손수건 한 장이면 어떤가? 아니면 스낵코너에서 왕성한 식욕으로 냉콩국수를 먹었대도 상관은 없다. 일상의 얇은 때를 벗길 수 있는 곳으로 쇼핑센터를 이용할 수 있는 고객이고자 한다면 그런 곳은 우리를 위해 많을수록 좋으리라 생각한다.

06
여름 송頌

『수박』

작열하는 뜨거운 햇볕을 거부 없이 받아들이고도 푸른 빛으로 의연한 수박.

수직으로 내려 쏘이는 태양을 둥글게, 여유롭게 받아들여 그토록 붉고 부드럽고 달큼한 물을 몸속에 채울 수 있는 수박의 풍요로움이 좋다.

누가 그랬다. 수박은 30대의 여자와 같다고. 그것은 풍만한 느낌 때문일까, 모나지 않은 여유로움 때문일까? 아니면 또 다른 알쏭달쏭한 무엇이 있는 걸까?

잘 익은 수박에 칼을 대면 분명히 '쩌억'하는 농익은 껍질을 가르는 소리를 듣게 된다. 그런 다음 수박의 독특한 싱그러움 냄새, 점으로 박힌 까아만 씨앗은 붉은 과육을 더욱 돋보이게 만든다.

언제였나, 병원에 입원한 가족이 수박이 먹고 싶다고 해서 용산시장을 헤매면서 수박을 찾았던 적이 있다.

가장 여름 적인 과일, 그리고 추억의 입맛에 적합한 과일. 반달 모양의 두어 쪽으로도 금세 불룩하니 배가 부르게 하여 주는 가장 풍요로운 과일.

여름은 길지 않아야 한다. 수박을 익힐 만큼. 여름은 길어야 한다. 수박을 다 익힐 때까지만.

『옥잠화』

고등학교 때 교화校花가(요즘도 이런 이미지 작업이 있는지 모르지만) 옥잠화였다. 혹 옥잠화를 못 알아보는 이가 있다면 도움이 될까 싶어 짧게 소개하면, '백합과의 다년초로 잎은 자루가 길고 넓은 달걀모양임. 여름에 흰 꽃이 피고 꽃 모양이 옥비녀와 비슷함'이라고 새 국어사전에 풀이해 놓았다.

그때는 장미라던가 수선화, 코스모스나 백합 정도의, 지금 생각하면 이해키 어려운 꽃말이나 황당한 전설에다 점수를 후하게 주던 때여서 옥잠화라는 촌티 나는 꽃에는 눈길 한 번 주지 않았었다.

반 팔 블라우스를 경계로 거무스름하게 팔이 타는 게 보일 듯한 뜨거운 여름 한나절, 주인이 버리고 간 시골 마을의 빈집 장독대 옆에 한 무더기 하얀 꽃이 눈부시게 피어 있었다. 넓적한 이파리는 기름을 바른 듯 윤기가 돌았고, 볼록하니 봉오리를 맺은 흰 꽃은 얼마나 탐스럽고 어여뻤는지.

폐가가 된 뜨락, 보아주는 이 없는 마당에서 저 홀로 피어난 꽃.

그날 이후로 나는 옥잠화를 좋아하게 되었다. 우리 집 마당에서 줄기차고 당당하게 푸른 잎을 가꾸고 옥비녀 같은 꽃을 피워 올리는 옥잠화. 그 꽃을 볼 수 있는 여름이 좋다.

『옥수수』

"옥수수나무 열매에 하모니카가 들어있다. 니나니 니나니…."
윤석중 선생님의 노래를 부르며 자랐다.

아이스콘이나 아이스바가 귀하던 시절이어서 옥수수도 귀염을 받았던 때.

옥수수 껍질을 벗기면 그 속에서 손타지 않은 속살 그대로 가지런한 옥수수 알갱이들.

한 알의 씨앗이 저토록 많은 옥수수를 매달고 우뚝우뚝 서 있다니.

이젠 옥수수가 팝콘이 되고 석쇠 위에서 뒹굴뒹굴 옥수수구이가 되기도 하지만 가장 기본적인 방법으로 밥솥에 쪄서 먹던 옥수수의 맛을 누가 모른다고 할까?

열어 놓은 창문 밖에서 "옥수수 사려!"라는 외침이 들린다. 작년 이맘때도 저 목소리의 아줌마였지 싶다.

긴 골목이 울리도록 카랑한 옥수수 장수 목소리. 그 목소리는 높은 담장을 넘고 낮잠 자는 늘어진 나뭇잎들을 흔들어 깨우며 지나간다.

나는 곧 아줌마를 부를 것이다. 뜨거운 김이 배어있는 비닐 보자기를 젖히며 통통하게 여문 잘 쪄진 옥수수 몇 개를 손에 쥘 것이다.

옥수수를 맛있게 먹는 여름, 옥수수 한 알 한 알에 여름의 수고로움이 감춰져 있음을 아는 이는 알리라.

사람들은 유난히 여름은 길다고 느낀다. 봄이나 가을 즉 따뜻하거나 상큼한 계절의 멋과 여유를 누려 볼 수 있는 시간은 늘 왜 그리 아쉽게 지나가 버리냐고들 말한다.

사실 틀린 말은 아니다. 어느 해 여름이 무덥고 지루하지 않았겠는가만 여름이 없는 가을은 상상조차 하기가 힘들다고 알고 있지 않은가?

어느 계절에서도 볼 수 없는 여름만이 누릴 수 있는 뜨거운 힘, 무섭도록 외곬으로 쏟아붓는 열의 축제.

별이 아름답고 한 가닥 바람이 반가운 계절, 여름을 누구도 거역할 수는 없다.

여름은 창문을 활짝 열어두는 계절이다. 그렇게 열린 마음으로 여름을 맘껏 받아들이면서 이 여름을 소유할 수 있어야 한다.

수박과 옥수수에 배가 부르고 열린 창밖으로 무더기 옥잠화 꽃을 볼 수 있는 뜨겁게 번쩍이는 여름을 사랑한다.

그 찬란한 여름에 순종하며 함께 뜨거워지고 싶다.

햇빛과 바람과 굵은 빗방울까지 여름의 뜨거움 속에 익히고 다스리기에 이 여름은 결코 길지가 않을 것이다.

07

우정의 무게

동창생 몇이 만나기로 한 곳에 생각지도 않았던 K가 나와 있었다.

K는 친구들 사이에서 돈 부탁을 하면 과감히 거절하라는 소문이 나돌 정도로 형편이 나빠져 있고, 또 그런 평을 들을 만큼 동창들 여럿이 피해를 보고 있는 것도 사실인 모양이었다.

그래서 K는 자의 반 타의 반으로 숨어 버리듯이 소식을 끊고 있다고 했는데 오늘 모습을 나타낸 것이다.

"오랜만이구나, 반갑다."

정말 K와 나는 오랜만에 얼굴을 보게 된 인사를 나누었다.

K는 입술을 찌그리며 소리 없이 웃었다. 가까이서 보니까 K의 얼굴은 소문을 증명하듯 몹시 상해 있었다. 얼굴 전체에 얼룩으로 기미가 자리 잡았고 입가의 깊은 주름까지, 고단한 생활이

그대로 드러난 모습이었다.

우리 사이엔 잠시 침묵이 흘렀다.

"얘, 우리 뭐 마실래?"

경희가 누구에게랄 것 없이 의중을 물었다.

나는 그때 제일 나중에 K가 조그맣게 "주스"하고 벌리는 입술 사이로 망가진 치아가 보였고, 못 볼 것을 본 듯이 고개를 돌리고 말았다.

나는 무슨 말이든지 K를 위로하고 싶었다. 이런 모습으로 친구를 만나려고 나타난 K의 용기에 대해서도 격려해 주고 싶었다.

"K야, 너 고등학교 때 피부는 복숭앗빛보다 고왔었지?"

(이 말은 절대로 과장이 아니다.)

K는 아무 대답도 하지 않았다.

"네 머리숱은 얼마나 탐스럽고 윤기가 흘렀는데…"

K는 가만히 나를 쳐다보더니 풀이 죽은 목소리로

"그때 곱지 않고 윤기 없는 머릿결 가진 애가 어디 있었니?" 하였다.

이번에는 내가 풀이 죽고 당황해졌다. 나의 어설픈 위로가 K에게 아무런 도움이 되지 못한다는 것을 깨달았기 때문이었다.

"행복했던 날을 그리워하는 것보다 더 큰 고통은 없다"라는 말을 잠시 잊고 있었던 자책과 함께.

그리고 K와의 우정이라는 말의 짧은 순간성과 허구성에 대해 얼굴이 달아올랐다.

K는 과수원집 딸이었다. 사과같이 통통하고 분홍빛 도는 피부를 가진 K. 가을이 깊으면 우리 반 친구가 나누어 먹을 수 있도록 사과를 싸서 들고 오던 아이.

지금 친구들 앞에서 죄송스러운 얼굴로 옹송그리며 앉아 있는 K가 그 아이라고는 믿고 싶지 않았다.

약국을 경영하는 순이가 말했다.

"우리 다시 열아홉 살이 된다면 좋겠지?"

타임머신을 타고 옛날로 돌아가려는 꿈 따위는 꾸지도 말라는 듯이 선희가 의자를 삑 소리를 내 당겨 앉으며 단호히 말했다.

"지긋지긋한 대학시험 치르라고? 나는 사양 하련다!"

우리는 모두 동감이라는 뜻으로 쿡쿡 웃고 말았다. 거짓부렁이라도 "다시 공부한다면 잘할 것 같아!"라는 말을 하지 않는 것을 보면, 제 아이들 공부 치다꺼리에 지쳐있는 중인지도 모른다.

그래, 그때 열아홉 살의 우리는 어땠을까?

가사 시간에 버선본을 뜨던 옥이가 무어라고 불평을 했었나 보다.

"버선코가 이쁘게 나와야 좋은 신랑을 만나요."

가사 선생님 말씀에, 옥이는 "에이, 우리 언닌 단추 하나 제대로 못 다는 덜렁인데도 부자 신랑만 만났는데요. 뭐."

가사 선생님의 시선이 안경 속에서 차갑게 옥이를 훑어보고 있던 것을 지금도 기억하고 있다.

오늘 모인 친구 중에서 총각 선생님께 집요하게 첫사랑 이야기를 해달라고 졸라대었던 아이가 있었는데 그게 정확히 누구였었지?

단체 관람밖에 허용되지 않는 영화를 보기 위해 전 학년이 열을 지어 걸어가던 하얀 신작로, 영화를 보고 나면 화려한 주인공보다 약자의 편을 들어 열을 올리곤 하던 진희.

"얘, 그 여자가 그리 허우룩하니까 애인을 빼앗긴 거지."

그렇게 누가 진희를 약 올리면 금세 눈물까지 흘리던 아이. 자기의 뜻이 무시당해서가 아니라 끝까지 약자의 편이 되고 싶어서 흘리는 눈물이었다.

지금 진희는 경상도 한구석에서 날씬한 몸매 그대로 수도자의 길을 걷고 있는 것으로 안다.

다소 엉뚱한 욕심도 희망 또는 꿈이라는 단어로 빛날 수 있었던 때, 미숙과 철부지함도 순진하다는 관대한 배려로 이해받고 용서받을 수 있었던 분명 길지 않았던 시간 우리들의 열아홉 살.

아침저녁으로 마주치는 이웃집 할머니가 나를 볼 때마다, "꽃이 피네, 참 좋은 때다" 하시던 것도 아마 그때쯤이었을 게다.

그 할머니가 말한 좋은 때라는 것은 분명 물리적인 한 시기를 일컬었을 것이다.

요즘의 젊은이들은 모두같이 발랄하고 아름답다. 지나치게 의욕적이고 혈기왕성하기도 하다. 어른이 어려워서 가까이 다가가는 일조차 삼갔던 다분히 소극적이고 수동적이었던 나의 그때와 비교가 되는 것은 어쩔 수 없는 일이다.

외양은 애써 치장하여 번쩍이지만, 그 치장으로도 감출 수 없는 이쁘지 않은 또 다른 모습을 지닌 젊은이를 만나게 될 때 나도 이웃집 할머니가 내게 한 것처럼 말하게 된다.

"참 좋은 때구나."

그러나 그 좋은 때라는 말은 진정으로 부럽고 좋아 보여서가 아니라, 치기 만만한 한 때를 잠시 눈감아 주겠노라는 뜻이 담긴 말임을 숨기고 싶지 않다.

그리고 보니까 어른들이 아랫사람에게 하시던 걱정도 내림이 되는 게 아닐까 싶다.

"아이고, 언제 철들어 사람 노릇 할꼬."

하셨던 우리 어머니께 걱정거리였던 내가 이제는 대물림으로 그 걱정을 전수하게 되었으니 말이다.

그럭저럭 살아도 나이는 들어가고 어른이 될 수는 있다. 제대로 빛나는 젊음을 누려보지 않았다고 푸념하는 동안에도 사람은 늙는다. 평생을 교도소를 집안 드나들 듯 어둡고 거칠게 살아온 노인에게도 음지에서지만 젊음은 있었을 것이다.

젊음이라는 단어로 연상되는 싱그럽고 푸른 느낌은 다시 접해 볼 수 없는, 지나쳐와야 알게 되는 것이어서 아쉽고 소중한 순간이 될 수 있는 것이리라.

오늘 모인 친구들은 청춘이라고 할 만큼 풋풋한 젊음을 누리고 있다고 할 수 없지만, 그 대신 미숙하고 다소 두서없던 그때보다는 경험으로 쌓은 시간을 재산으로 믿으며 모든 것을 낭비하지 않으려는 자각은 비슷할 것이다.

이는 서투르고 서둘렀던 젊음이 우리에게 무언으로 가르친 교훈이 아닐까?

"그동안 고생 많이 했었어. 친구들에게 정말 미안하고, 여태껏은 내 탓이 아니고 남 탓인 줄 알았어. 모두 과한 욕심 때문이지 뭐. 이제 조금씩 눈앞에 사람이 보여. 아직 내 꼴은 사람꼴이 아니지? 열심히 해볼게, 고맙다."

K는 천천히 말을 마치고 먼저 일어나며

"다음 모일 때도 연락 주겠니?" 했다.

"그럼, 꼭 나와야 해!"

우리들은 모두 K의 손을 잡았다. 순이가 치과의사인 오빠에게 부탁하겠노라고 K의 이를 치료해 주자고 의견을 꺼내었다.

"그래, 좋은 생각이야."

"원가만 계산하시라고 말씀드려."

"얘, 그 말은 선희가 해라. 그 오빠 선희 예뻐했잖어."

우리는 모처럼 의기투합해서 떠들었다.

바다가 보이는 교실 창가에서 머리 맞대고 쑥덕이던 열아홉 살로 다시 돌아간 것처럼. 우리들 마음에 고여지는 우정의 샘물로 K의 목마름을 적시고 싶다.

우리가 가진 우정의 무게가 K를 누르지 않도록 도와주고 싶다.

K도 우리의 뜻을 알아차릴 수 있으리라.

08
인덕에 대하여

혀를 데일 듯한 뜨거운 기운이 한차례 식고 난 다음 음식에 손
이 가는 내게,

"뜨거운 거 훌훌 잘 먹어야 인덕이 있지. 인복이 따르고."

누가 충고해 주었다.

'인덕人德' 혹은 '인복人福'은 무엇일까?

국어사전에서 군이 찾아본다면, '사람을 잘 사귀고 상종하여
도움을 많이 받는 복'이라 했고, 인덕과 인복은 같은 뜻으로 풀
이가 되어 있었다. 결국, 그 말의 뜻은 손해를 덜 보는 인간관계
를 뜻하는 말로 쓰이는 일반적인 통용어와 다를 게 없는 말이 된
다.

왜 옛사람은 뜨거운 음식과 인복을 맺어 놓았을까?

그 말이 뜬금없이 나온 말이 아니고 오래전부터 내려온 말이

라면 그 말의 내력은 차차 알아볼 일이다.

반대로 '찬밥' 혹은 '찬밥신세'라는 말의 뜻은 음식과 연결되어 '인복'이나 '인덕'의 반어로 해석이 될 수 있는 것인지 모르겠다.

이제는 전기밥통 때문에 기실 찬밥 한 덩어리라는 말이 푸대접과 설움의 표현으로는 부적당한 단어가 될지도 모르지만, 내가 어렸을 때 점순이 엄마를 기억한다. 집안에 큰일이 있을 때마다 지짐이를 부치거나 식혜 등의 별식을 만드는 재주가 없는 그녀는 구정물에 손을 넣어야 하는 설거지 차지였다.

바쁜 일이 대충 끝나면 부뚜막에 앉아 식은 밥과 찌개 한 그릇을 놓고 꿀맛으로 밥을 먹었다.

"뜨거운 밥은 많이 못 먹어."

"괴기 반찬은 비려서"

점순이 엄마야말로 '찬밥신세'였지만, 딸 하나인 점순이가 시집을 잘 가서 사위가 장모를 친어머니 섬기듯 하니 이제야 늦복이 트인 모양이라고 어머니가 말씀해 주신 적이 있다.

점순이 엄마의 찬밥은 자기 스스로 택한 것이라고 해야 옳다.

그래서 그녀의 찬밥은 '찬밥신세'로 연결되지 않았고 착하고 부지런한 그녀가 받아야 할 당연한 복이었는지 모른다.

아무튼 '인복'이라는 말은 나의 노력이나 의지보다 상대방의 호의가 우세한 조금은 불로소득의 느낌이 강하다고 한다면, 이 세상에서 '인복'이라는 행운을 기대하지 않을 사람은 없지 않을까 싶다. 인덕이 없다는 한탄조의 푸념은 대체로 베푼 것에 상응하는 대가가 미흡할 경우가 많다.

인덕이나 인복이나 인간이 추구하는 인복의 하나이고 보면, 사람들의 지치지 않는 욕심에 비례해서 끝없이 '인덕'과 '인복'에 대한 타령이 이어질 것이다.

요즈음 단군 이래 최대의 비난 대상이 되다시피 한 전前 대통령의 가까운 인척이 우리 동네에 살고 있다. 그 집도 이번에 구속되는 식구가 생기고부터 저녁에도 불이 켜지지 않는 창문이 있고 깜깜한 그 집을 지나치면서 표현하기 어려운 마음이 되곤 했다. 그 집의 식구가 권력가의 가족임을 몰랐던 것도 아니었을 가까웠던 사람들의 발자취는 어디로 갔을까?

그들이 진정으로 아끼고 아까움을 받는 사이였다면 그랬을까?

분명한 것은 존경받지 못하는 지도자를 가졌던 우리나, 뼈아픈(?) 고독을 감수하는 그들도 엄격한 의미로는 인덕이 있는 쪽은 못 되는 성싶다.

손자를 업고 머리에 수건을 쓴 영락없는 촌로의 모습으로 나타난 백담사의 사진을 보았을 때 모두 다 한 마디씩 보태는 말이 있었다.

"인간적으로 안 됐어!"

이럴 때 인간적이란 말은 무엇일까? 적당히 실수와 허물을 용서받을 수 있다는 아량의 말인가?

아니면 나, 너 우리 모두 인간으로서 실수할 수 있는 허점을 지니고 있으니 보아주자는 얼버무림의 방패막일까?

인간적이라는 어쩌면 너그러운 말을 최후의 보루로 안고 있는 우리 모두의 허상에 대해서 많은 것을 생각게 하는 요즈음이다.

09
고향 생각, 그리고

바뀐 이름, 내 고향

'고향'이라는 말뜻은 태어나 살아온 곳, 혹은 마음속 깊이 간직한 그립고 정든 곳이라 풀이되어 있다.

고향은 그곳을 떠나온 이가 돌아볼 수 있고, 떠나왔기에 더 각별히 기억되는 곳이라 여기면 된다. 그래서 노래와 글과 그림이 모두 추억과 회억의 장소로 고향을 그려내고 있다. 무엇보다 고향은 풍경과 사람과 그것이 주는 냄새까지 기억할 수 있는 곳이어야 하지 않을까 싶다.

언젠가 텔레비전 연속극에서 내 고향 지명을 말하며 '그곳'이라고 보여주는 장면과 마주쳤다. '어머나, 이런!' 해도 너무했다.

그곳은 멀리 낮게 바다가 보이고(바다가 있기는 했다) 통통배가 있

고 뻘밭이 보이는 소래포구가 아닌가? 바다가 있다고 다 똑같은 바다가 아닌 것을~

다른 이는 예사롭게 보아 넘겼을지 몰라도 나는 바로 알아보았다.

짧게 스치는 장면이지만 내 고향 흉내로는 어림없는 일이었다.

나만 아는 고향의 모습은 따로 설명이 필요 없는 한 눈으로 알 수 있는 일이었으니까.

나의 고향은 경상남도 마산馬山이다.

지금은 창원시와 통합되어 창원시 마산합포구로 시작하는, 이렇게 낯선 주소지로 변경되었다. 그곳에서 태어나고 자란 20여 년, 나의 옛날이 있고 유년과 청소년기의 나를 기억해 줄 곳, 고향에 얽힌 작은 이야기가 쉽게 글이 되어 나왔으면 좋겠다. 점점 잊혀가는 그곳이기에.

내 고향 마산은 한때는 우리나라 도시 서열 7, 8위에 이른 적이 있는 자유 수출단지와 한일합섬이 있는, 19세기에 개항한 항만공업 도시였다.

언제부터인가 일거리를 찾아 이웃 지역으로 인구가 빠져나가고 이로 인한 인구감소가 계속되다가, 1949년부터 2010년까지 존재했던 이 도시는 창원시, 진해시와 통합하는 법안이 국회에서 통과됨에 따라 2010년 7월 1일 통합 창원시로 출범하게 되었다. 이런 마산의 역사적인 기록은 내겐 크게 중요하지 않다.

무엇보다 고향의 이름이 바뀐 것이 애틋하다. 세월 따라 산천이 변할 수는 있을지라도 살던 곳의 지명이 바뀌는 일은 흔치 않은 일이 아닌가 싶다.

너무도 달라지고 낯설어진 그곳이 나의 기억을 의심하게 되는 경지에 이른 것이 더 마음을 무겁게 만든다.

가포 바다

진해만 안쪽에 자리 잡은 마산만은 외해로부터 깊숙이 들어와 있어 호수처럼 잔잔하고 수심이 깊은 바다였다. 언덕 위의 학교에서 교실 창문으로 바라다보이는 바다는 햇빛을 받아 거울처럼 반짝이고 온종일 바다를 볼 수 있는 쌍 갈래머리 소녀들은 그곳을 떠나면 그런 바다를 다시 볼 수 없다는 것을 모르면서 자랐다.

운동장에서 힘차게 공을 날리면 바다에 '퐁' 하고 떨어질 것 같은, 바다는 그렇게 우리 곁에 있어 주었다.

'내 고향 남쪽 바다 그 파란 물 눈에 보이네
꿈엔들 잊으리오 그 잔잔한 고향 바다'

노산 이은상 선생의 '가고파'를 기억할 것이다.

선생은 그렇게 절절히 마산을 그리워하면서 떠나 살게 되셨을까?!

어떤 논평가는 단순히 고향(마산)을 그리워하여 쓴 시가 아니고, 일제 침략으로 나라를 빼앗긴 설움을 읊은 것이라 풀이했다.

'가고파'를 잘 부르고 싶어 열심히 배워 불렀던 그때 여고 시절이 생각난다.

어느 날 가본 가포 바다도 무사하진 않았다. 바다를 메워 땅으로 만들어 축지법을 사용한 듯 돝섬이 손에 닿을 듯 바짝 다가와 있어 놀라게 했다.

돝섬은 몇 가구 사는 집이 있었지만, 정기적인 배편이 있을 리 없어 근접하기 쉬운 곳이 아니었다. 돼지같이 생겼다고 해서 돗섬이라고 부르기도 했던 그 섬은 지금은 화려한 유원지로 변신해 있었다.

마산 해안에서 건너다보이는 진해만 쪽 마을, 큰 포도밭 집 딸인 S는 참 씩씩하고 명랑했던 맏언니 같았다. 작은 배에 우리를 태워 노를 저어 포도밭으로 데리고 갔던 때, 달빛이 푸르던 밤이었다.

지금 생각해도 '겁도 없지!' 싶다. 바다를 두려워하지 않는 친구를 믿고 또 우리는 서로를 믿었기에 밤바다를 무서워하지 않았으리라. 바다는 그만큼 잔잔하고 순한 탓이기도 하였다.

우리가 함께 불렀던 수 없는 노래는 기억나지 않지만, 그 친구의 한쪽 볼의 보조개는 지금도 선명하다.

바다를 끼고 길게 자리 잡은 도시는 청정한 바다를 인정받게 되어 가포 바다가 보이는 언덕에 국립결핵 요양원이 자리 잡았다.

그때의 결핵은 치명적인 질병이었기에 요양소 부근으로 소풍을 가도 그쪽을 바라보기가 두려웠던, 그러나 이웃집 인숙이 언니 애인이 그 병원에서 사망한 일도 기억한다.

어디 그뿐인가, 바다는 많은 것을 품고 있었다. 고등학교 1학년 입학을 앞두었던 김주열 학생이 최루탄이 박힌 모습으로 바다에서 떠올랐을 때 얼마나 놀라고 안타까웠는가! 1960년 3·15 부정선거를 규탄하는 시위가 마산에서 일어났고, 어린 김주열 학생도 그 희생자의 한 사람이었다.

이 시위는 많은 희생자를 내고 전국적으로 파급되어 4·19혁명으로까지 발전하게 된 계기가 되었다. 바다 기질이랄까, 불의를 참지 못하는 바탕이 전국에서 제일 먼저 3·15부정선거를 규탄하게 되고, 아직 중학생이 되지 못한 어린 나의 눈에도 사람들이 큰길로 몰려나와 함께 외치던 모습은 선연하다.

무학산과 서원곡

고향이라 불러보면 대체로 앞산이나 뒷산이 있고 가까이 강이나 바다가 있거나 개천이 흐르는 정형적인 마을을 떠 올린다.

마산도 무학산이라는 큰 산이 도시를 둘러싸고 있다.

무학산은 학이 날개를 펼치고 날아갈 듯한 모습을 지닌 백두대간 낙남정맥의 최고봉인 767m 높이의 산으로 마산지역을 서북쪽에서 병풍처럼 감싸고 있다. 내가 다녔던 초등학교, 그때는 국민학교(성호초등학교) 교가도 '무학산 높이 솟아 구름을 안고, 희망의 앞바다에 갈매기 난다'라고 시작하였다.

무학산은 신라 말기의 학자로 중국과 신라에 이름을 날린, 고운孤雲, 海雲 최치원 선생이 붙여준 이름이라고 한다. 고운 선생은 백성을 위한 백성의 정치를 내세웠지만 뜻을 이루지 못하고 정치에 회의를 느껴 세상을 등지고 남해안 일대를 유랑하던 중 지리산을 가기 위해 들렀던 곳이 마산 무학산이었다고 전해진다. 선생은 많은 시문을 남기셨고 특히 마산 월영대月影臺는 한때 선생이 머물며 제자를 가르친 곳으로 유명하다. 지금도 돌에 새겨진 선생의 글씨가 흐릿하게나마 남아있다.

고운 선생이 오래전부터 마산인들의 정신적인 지주가 되었듯이, 무학산도 마산의 구심점이 되어주고 있음은 분명하다.

무학산에는 서원곡에 가서 계곡을 흐르는 맑은 물에 빨래해서 너럭바위에 널어 말리고, 솥단지를 걸어 놓고 빨래를 삶는 어른들 곁에서 구경하고 놀았던 단발머리 아이가 있다. 언제부턴인가 빨래하기가 적합하지 않은 물이 되어 사람들이 빨래터로 이용하지 않게 되었고, 엄마를 따라가서 노는 일이 재미없어진 그 꼬맹이는 그런 일을 옛날이야기로 남기게 되었다.

또 있다. 무학산 소나무를 보호하기 위해, 수업을 쉬면서 전교생이 산에 올라 송충이를 잡으러 갔던 일은 지금 생각해도 웃음이 난다.

송충이 제거뿐인가, 봄이면 산림녹화를 위해 나무를 심으러 다녔던 무학산.

나무젓가락으로 송충이를 집어내던 일, 옻이 올라 학교에도 못 나오던 숙희는 어디서 살고 있을까?

우리들의 노력 봉사가 지금의 푸른 무학산을 이루는 것에 조금이라도 기여했기를 바란다.

고향 생각, 그리고~

고향 지역에서 받은 청탁 원고를 이 자리에 다시 실어 본다.
'고향 생각, 그리고~'에 적합한 글이 될 것 같아서다.

유행가 가사에 있어야 어울릴

고향이라는 단어는

왜 누추와 아픔을 달고

내게 오는지 모르겠다

이 나이에 그렇다

그리워야 고향이라면

내겐 고향이 없다

떠나 산지 그곳에서 살았던 거보다

두어 배가 넘고

무엇보다 보고 싶은 사람

하나둘 잊히고 떠나가고

추억까지 잦아들었다.

흉내 내기조차 망향은 어울리지 않아

그저 흉터같이 남아 뜯어 버릴 수 없는 것

그 흉터 쓰다듬으면

마음 한쪽이 아리다

내게 고향은 그리운 곳이 아니다

무엇에 삐친 구석이 있어 그런다면

그것만 바루면 될 터이지만

그리워하고 힘을 얻을

염치조차 없는 곳이 되어버린 곳

그래서 한동안 고향을 잊기로 하였다.

　　　-나의 시詩, '한동안 잊기' 전문

이 글을 읽는 분 중에, '이 필자는 고향에 대해 특별한 애정이 없는 것이 아닌가?' 하고 물으실지도 모른다.

즉답해야겠다. 맞게 보셨지만, 달리 보아주셨으면 한다.

변명하자면 고향을 떠나온 지 오래되었다.

내가 기억하는 바다와 산을 찾아본 지 오래되었고, 그곳 사람들을 만난 일도 그러하다. 조금이라도 다가가려는 마음 씀이 있었다면 그러했겠는가?!

사람의 기억은 때로 재생산되거나 왜곡되어 나타날 수도 있으니 주의가 필요하다. 또 내가 기억하고 싶은 것만 기억되는 묘한 기능까지 지니고 있기도 하니까. 나는 전혀 기억하지 못하는 것을 상대방의 기억으로 듣게 되는 경우의 당혹감은 그도 나도 그런 기억의 재배치에서 어긋나 있는 것일 거다. 건망증은 아니고.

이름까지 바뀌고 얼굴까지 당연히 변해버린 내 고향 마산. 그렇다고 나의 고향이 아니라고 말할 수 있겠는가?

내게 고향은 어떤 곳인가? 반성하는 마음으로 돌아본다. 그럴 기회가 된 것이 이 글이 되었다.

이 글을 쓰면서 '못나도, 잘나도 내 가족' 같은 기분이 살아나오기 시작했다.

특히 나의 아동문학의 바탕을 이루게 해준 고향의 저력에는 고개 끄덕이고 만다. 성호초등학교 담임이셨던 김종근 선생님, 중학교 국어 선생님 정의순 수녀님, 그때부터 선생님의 자랑이셨던 작가 김 훈의 이모님이셨던 정순희 선생님, 그분들의 가르침이 없었다면 오늘의 내가 있을 수 있겠는가?

모두 고향이 있어 가능한 일이다.

제비산 언덕 선교사의 빨간 벽돌집 담장의 덩굴장미, 부둣가 좌판에 말려지고 있는 생선, 바로 눈앞 바다에서 물고기가 맴을 돌듯이 돌아다니던 모습. 그 생선은 먹을 수 없는 거라고 엄마는 외면하셨지만, 바다는 그런대로 풍요로웠다.

아름다웠던 내 고향, 그래서 유독 시인이 많이 태어난 곳.

출향 문인의 한 사람이 되어 이름을 올렸으니 무엇을 더 바라겠는가!

고향 생각, 그리고~ 이제부터 새로이 내 고향을 기억하리라.

⑩
터미널에서 시작되는 넓은 길
-내 문학 속의 서울

오늘도 용인행 버스표를 끊어 들고 강남고속버스터미널 영동선 대기실 의자에 앉아 기다린다.

저 머리 묶은 아줌마, 모금함을 들고 사람들 앞에 잠시 서서 처분을 기다리는 듯한 자세, 내가 자주 보는 얼굴이다. 냄비가 들썩이며 튀겨지는 멀리까지 냄새를 풍기는 팝콘 가게. 주인아줌마는 옆에 앉은 누군가와 얘기를 나누고 있다. 표정이 밝지 못하다. 봉지에 볼록하게 담아 놓은 팝콘이 많이 남아있는 걸 보면 오늘 장사가 시원치 않은 모양이다.

거쿨지게 큰 짐을 부려놓고 가는 짐꾼. 가만히 보니 큰 상자는 생화가 담긴 지방으로 부쳐지는 꽃 짐이다. 셀로판종이 속으로 거베라 꽃이 가득 들었다. 꽃도 짐이 되는구나. 눈길을 다른 곳으로 돌린다.

터미널 지붕 높은 곳, 두 개의 전광판엔 전자제품 파는 가게, 항공사, 아파트 광고를 열심히 돌아가며 비춰준다. 그 아래로 '서울고속버스터미널'의 네온이 자리 잡고 있다.

버스는 사람을 태우고 떠나고 또 내려놓는다. 나도 곧 버스에 올라야 한다.

말 안 듣는 아이는
내다 버릴 거야
어릴 때는
그 말이 제일 무서웠습니다

내쫓겨서
집 없는 어이가 되는 것은
'집 없는 천사'여도 싫었습니다.

우리 집에 가는 동안
강남고속버스터미널을 지납니다

밤낮으로
그쪽은 사람들로 북적입니다
그곳의 네온은 제대로 불이

들어온 때가 없이

늘 몇 개의 글자는
죽어 있곤 합니다.

이곳을 거치는 사람들은
무엇을 버리고 얻으려고 하는지
눈이 마주쳐도 무심한 사람들을
유심히 훔쳐보기도 합니다.

　　　　　詩- 누군가 나를 버리려 할 때 下略

　1985년에 출간한 세 번째 시집에 수록된 시 '누군가 나를 버리려 할 때'의 일부분이다. 그때 나는 반포동에서 가까운 방배동에 살았던 터라 시내를 나갈 때면 으레 지나치던 곳. 버스마다 목적지의 이름표를 내걸고 서 있던 고속버스들. 훌쩍 어디론가 떠나기 쉬운 제일 만만한 교통수단이었던 그곳.

　버스가 안타까운 것은 좌우를 함께 볼 수 없다는 것이지만, 나 대신 움직여 길을 열어준다는 역할로는 충분했다. 고속버스터미널이 내 시집 속에 자리 잡을 만하지 않은가? '서울고속버스터미널'이라는 네온의 글자가 제대로 불을 밝히지 못한 것도 집어내고, 지하상가 꽃시장의 '테레사 꽃집' 테레사 씨를 만나 그의 이야기를 듣곤 하던 그때의 나는 지금보다는 '젊어' 있었다.

짬이 나면 버스를 타고 어디든 떠나기를 좋아했고, 각 노선의 눈에 익은 지명을 읽으면서 버스가 닿을 수 있는 이 땅 곳곳을 가보고 싶었던 호기심 어린 욕망으로 늘 설레었다.

그 무렵, 누가 보아도 알만한 인기 여가수가 작은 손지갑 하나를 들고 내가 탄 버스에 올랐다. 선글라스를 썼지만 나는 그녀를 단번에 알아보았다. 휴게소에서도 내리지 않고 자리를 지키고 있는 그녀를 보고 짚이는 게 있었다. 그녀는 몹시 지쳐있거나 마음이 상한 사람이라는 것을. 도착지에서 택시를 타는 그녀에게 '이 여행이 그대에게 한 가닥 의욕이 되기를' 속마음으로 격려를 보냈다.

지금은 가슴을 울렁이게 하는 곳이 적어진다는 것이 쓸쓸하다.

여행으로 위로받을 나이가 아니라는 생각이 또 쓸쓸하다.

오늘 뉴스는 강남고속버스터미널을 청계산 부근으로 옮겨 갈 계획이 있다고 한다.

강남 교통체증의 원인이 되기 때문이라고.(결국 실현되지 못하였지만) 아예 서울 외곽에다 터미널을 만들어 보겠다는 것이다. 그런 생각을 왜 아니하였겠는가? 지금도 센트럴시티와 호텔이 자리 잡고 대형 유명 백화점이 이웃해 복잡하기 이를 데 없는 곳. 그래도 편리함에 있어서야 어찌 복잡하다 타박만 할 수 있을까? 서점에서 책을 사고, 극장에서 영화를 보고, 백화점 식품부에서 빵을 사고, 연결된 길로 터미널에서 버스를 타는 나의 경우에는 그 복잡거림 마저 고맙기도 한 것을.

재개발에 들어간 주변의 아파트 단지가 몇 년 후 고층대형아파트로 우뚝 서게 되면 이 주변은 무섭게 달라질 것이다. 그 복잡함에 지레 겁을 먹을지도.

내 시詩에 달라진 '고속버스터미널'이 다시 등장할 수 있을까?

눈길이 부딪쳐도 무심한 사람 중의 한 사람이 되어있을 나를 누군가 흘낏 쳐다 볼지도 모르고, 어쩌면 도시 밖으로 밀려 나간 터미널에서 이 반포동 터미널을 그립다 할지도 모를 일이다.

이제는 서울특별시민이 아니지만 그래도 한쪽 발은 서울에, 다른 발은 살고 있는 용인에 두고 있는, 어쩜 이쪽저쪽에도 당당하지 못한 기분을 떨쳐버리듯 터미널에서 시작되는 넓은 길을 향한다. 오늘도 고속버스터미널에 왔다. 버스는 나를 기다리고, (내가 버스를 기다리기도 하지만) 서울고속버스터미널 네온 글자가 켜져 있는지 죽어 있는지 이제 관심이 없어진 나는 부지런히 버스에 오른다.

11

나무와 풀꽃, 그리고 채마밭

내가 이름하여 전원주택이라는 것을 지어 시골에 자리 잡은 지 6년 차다.

울타리를 두르기 전에 이사를 와 짐을 풀고 나니 제일 낯설고 보기 싫은 것이 흙마당이었다. 흙이 그리워 아파트에서 마당 집으로 왔다면서 마루 구석으로 살그머니 몰려 앉는 흙먼지며 비가 오면 신발에 묻어오는 진흙이 성가셨으니, 나는 겉으로 본 '전원'을 꿈꾼 어중이 시골 사람이 되려는 셈이었다.

맨땅, 흙 마당을 덮으려고 잔디를 깔고, 용인 장날이면 묘목을 사서 마당에 심기 시작했다. 산이 연꽃처럼 우묵한 산골이라 다른 지역보다 2, 3도 기온이 낮아 '되는 나무'와 '안 되는 나무'가 있었다. 유실수有實樹로 매화와 살구, 자두나무와 앵두나무를 심고, 어린 측백나무를 바자로 만든 울타리처럼 둘렀다.

그런데 나무를 잘 보는 이가 와서 보고, "나무는요, 좀 서운하다 싶게 심어야 해요" 하는 거였다.

그이의 말을 제대로 체득하는 데 시간은 오래 걸리지 않았다.

키 작은 나무 몇 그루와 부지런히 얻어다 심은 나무들은 지금 마당이 비좁을 만큼 자라 초록이 무성하다. 내년이면 앵두나무 한 그루는 뒷집으로 보내야 하고, 층층나무 그늘에서 해를 받지 못하는 수국은 원하는 사람에게로 옮겨야 할 참이다. 이제 수벽睡癖이 된 측백나무는 저들끼리 어울려 밖에서는 마당을 들여다볼 수 없게 빼곡해졌다.

내 조급함을 누르게 해준 초화草花들도 잘 자라 봄이면 꽃 잔디를 시작으로 릴레이 하듯 꽃을 피워 냈다. 정말 예쁘지 않은 꽃은 없었다.

꽃다지도 앵초도 금낭화도 꽃대를 올려 피는 원추리며, 참나리꽃, 풍접초, 모두 해마다 봐도 새롭고 예쁘기 그지없다. 정원사의 힘을 빌린 것도 아니고, 고급 정원수가 있는 그야말로 돈을 많이 들인 마당도 아닌, 그저 내 흥에 겨운 마당인데 제 자랑이 심했는지 모르겠다.

빠뜨리지 말 것은 우리 집에 온 새 식구 얘기다. 몇 달 전 자목련의 벌어진 가지 허리춤에다 새집을 놓았더니 어느 날 '포르릉 포르릉' 작은 새가 들락거리는 게 보였다. 친구에게 "배 쪽이 누우런색인 작은 새가…" 하고 설명을 하니까, 꽃이며 새의 전문가인 그는 대뜸 "그거 곤줄박이야" 하고 일러 주었다.

곤줄박이가 없는 틈을 봐 사다리를 딛고 올라가 보니 어머나, 사람이 만든 새집 속에 제대로인 자기 집을 겹 지어 놓았다. 게다가 두 개의 알까지 낳아 놓은 것이었다. 놀란 가슴을 쓸어내리며 얼른 내려왔다.

"곤줄박이, 우리 집에 잘 왔어. 고맙다!"

내가 새를 식구로 들이다니 이런 행운이….

마당 한쪽 편에는 15평 정도의 채마밭을 일구었다. 이제는 측량 단위가 달라서 다르게 말해야겠지만, 이 작은 밭에서 상추, 방울토마토, 부추, 깻잎, 고추, 호박, 옥수수 등을 심어 찾아오는 이들의 밥상을 푸르고 싱그럽게 할 수 있다.

이른 봄부터 돌나물이 돋아나고, 심지도 않은 쑥은 어찌 그리 쑥쑥 자라 번지는지, 또 잔디보다 먼저 올라오는 풀은 질리도록 끈질기고 힘이 세다.

다른 집 밭에는 검정 비닐을 씌워 풀을 막고, 구멍을 뚫어 모종을 심지만, 넓지도 않은 남새밭에 시꺼먼 비닐을 덮기 싫어 그대로 두었더니, 이런 풀의 기운이 장난이 아니다. 뽑아내고 돌아서면 다시 돋아나는 풀에게 말을 걸어 본다.

"얘들아, 착하지, 천천히 올라와. 너희들 너무 빠른 거 알아?"

《식물의 사생활》이란 좀 특별한 제목의 책 서두에는 "식물은 볼 수 있다. 그리고 계산을 하고 서로 의사소통을 한다."라고 되어 있다. 이미 능력 있는 식물학자들은 식물과의 의사소통 가능성에 관해 연구했고, 실험과정에 있다는 것이다.

식물학자도 아닌 내가 식물이 알아듣건 말건 간에 풀에게 말을 거는 건 풀 뽑기가 지루해서 시작한 일이다. 식물이 반응을 보였다면 그건 미모사의 작은 움직임 정도지만, 식물은 움직이지도 못하고 뽑아내어도 반항하지 못한다. 그저 줄기차게 싹을 틔우는 것밖에는.

어느 날 뉴스에서 들으니 육식을 조리할 때(익힐 때) 나오는 열이 지구온난화를 부추긴다고 한다. 얼핏 듣기엔 육식은 좀 삼가야 할 식사법이라는 것이 밑바탕에 있었다.

정말 그럴까?

요즘 모두의 관심사인 웰빙 중의 하나인 식생법 채식주의. 한때 육식을 하면 성격이 포악해지고 건강에도 유익하지 않다는 전문가의 설명이 많은 사람에게 호응을 받은 적이 있다.

또 헬렌 니어링의 《소박한 밥상》에서는 육식을 '동물에게 부여된 삶의 권리를 짓밟는 무자비한 식사법'이라 했다. 육식은 야만적인 식사법이고, 채식은 고귀한 식사법으로 말하는 헬렌 니어링. 그들 부부처럼 완벽하게 자연으로 돌아가서 자급자족할 수 있는 용기와 여건이 갖춰지지 않은 다수의 사람은 그저 '대단하고 특별한 삶'의 모습으로 부러워한다. 하지만 그 삶을 본받아

실행하기에는 어려움이 있지 않을까 싶다.

육식은 거칠고 야만적인 데 비해, 채식은 몸에 좋고 육식보다 위에 있다고 여기질 않는다면 간단하다.

식탐하거나 과식하지 않으면 되는 것이지 무엇을 먹느냐는 것이 큰 문제겠는가? 말이 났으니 말이지 산 생명을 먹는 것으로 한다면 식물이나 동물이나 다를 바가 없다는 말을 하는 사람도 있다. 식물도 살고 싶어 하지 않겠는가?

사람들이 꽃을 꺾거나 열매를 따도 그들은 거부하거나 피할 수가 없다. 푸릇푸릇 몸을 키우는 식물이 오로지 사람들의 건강한 입맛을 위해 흙에 뿌리내린 것은 아닐 것이다.

"여기는 좁아. 더 넓은 곳으로 나가서 싹을 틔우렴."

오늘도 한 자루 풀을 뽑으며 조금은 미안한 마음으로 혼잣말을 한다.

풀이 알아들었을까?

한 발은 이곳에 또 한 발은 도시에 걸쳐 놓고, 여차하면 짐을 꾸릴 수도 있는 나는 어쩌면 참 '전원인'은 아니다. 그렇지만 쏟아질 듯한 초롱초롱한 별과 가을이면 곱게 물드는 집 앞 느티나무, 우리 집을 믿고 둥지를 튼 곤줄박이, 소쿠리 들고 채마밭에 가면 무농약채소를 가득 담아 올 수 있는 이곳을 쉽게 떠날 수는 없을 것이다.

시골에 집 지어 살 여건이 아니라면 시골 사는 친구를 두라고 했던가? 우리 집은 열려있다. 놀러 오시라.

12

서로에 기대어

'문학이 내게 미친 영향'

주어진 제목을 받아 읽으면서 헉! 하는 느낌이 왔다. 너무 딱
딱하고 엄격한 느낌으로 다가왔기 때문이다. 솔직히 지금껏 문
학은 이런 무게로 나를 짓누르지 않았다. 정말 문학은 나에게 무
엇일까, 조금 더 다가가는 물음으로 나에게 시詩란 무엇인가? 이
제부터 진중해 볼 일이다.

나는 글을 쓰는 일보다 읽는 일을 좋아한다. 아마도 독자의 자
리가 더 편하고 당당하다는 것을 일찌감치 파악한 탓이 아닌가
싶다. 읽는 일은 쓰는 일보다 우위에 있다는 생각을 한다.

이즈음 일주일에 한 번씩 만나 함께 공부하는 ○○ 초등학교
4학년 어린이들이 내게 하는 말은,

"선생님, 어떻게 하면 글 잘 쓸 수 있어요?"

"글 잘 쓰면 유명해지나요? 돈 많이 벌어요?"

어린이들의 거침없는 물음에 유명해지지도(어린이들의 기준만큼) 더구나 돈을 많이 벌 수 없는 직업이고, 게다가 스트레스가 많아 우리나라 평균수명에도 못 미치는 이들이 문인이라는 통계치까지 말해 줄 수는 없었다.

그러나 분명한 한 가지, 책을 많이 열심히 읽으면 저절로 글을 잘 쓰게 된다는 것은 말해 줄 수 있었다. 그건 나의 경험이기도 했으니까.

시詩가 좋아서 읽고, 마음에 드는 글이 있게 되고, 좋아하는 작가가 생기고, 그러다 보 니 시를 쓰게 되고, 아! 시인이 되었고, 아동문학까지 손을 잡아 오늘에 이르게 되었다.

원고지를 앞에 놓으면 한없이 정결해지고, 가끔은 아득히 우러러보기도 했다. 특별히 타고난 문학적인 자질도 부족하고, 남달리 부지런하지도 못하지만, 그래도 지금껏 시를 놓아 본 적은 없었다는 것이 내가 내세울 수 있는 자랑이라면 자랑이다. 1979년 첫 시집을 출간했으니, 올해가 몇 해째가 되는지를 군이 손가락으로 짚어보고 싶지는 않다.

돌아보면 '문학'은 거창하게 내게로 다가온 것이 아니었다. 초등학교 5학년, 사범학교를 나온 열정적인 담임선생님이 글을 읽고 쓰는 기쁨의 싹을 심어주신 때부터가 아니었나 생각한다. '김종근 선생님' 그분은 여러 방면에 재주가 많은 분이셨지만 콩나물 교실이라 불러야 했던, 먼지 풀풀 나는 좁은 곳에서 60여 명의 우리를 전심전력으로 가르치셨다.

특히 글짓기에 대해서는 더욱 열성적이어서 개인의 문집과 독서 노트를 만들게 하여 꼼꼼히 점검하셨다. 교실 뒤편에 줄을 매어 문집을 걸어 놓았으며 우리들의 글에 대해 자상하게 평을 남기셨다. 나는 그분의 눈에 뜨인 영광스러운 첫 번의 어린이가 되었다. 나의 시에 곡을 붙여서 우리 반 노래로 만들었고, 늘 그 노래를 부르게 하셨다.

나는 선생님의 마음에 드는 아이기 되고 싶어 부단히 노력했다. 그로부터 '글 쓰는 아이' '백일장 나가는 아이'가 되었던 것이고.

빠트리지 않아야 할 얘기가 있다. 여학교 때 두 해 선배인 K 언니, 그 언니는 정말 뛰어난 글솜씨를 자랑했다. 여고생으로 이미 소설로 가작 입선한 적이 있는 언니는 매사에 어른 노릇을 했고 그것이 어울렸다. 문예반 모두를 이끌고 가서 자장면을 사주었고, 우리들의 글을 국어 선생님과 다른 지적을 해서 놀라게 하였다. 나는 K 언니를 닮고 싶었지만 닮을 수가 없었다. 무엇보다 그녀의 글을 닮을 수 없었다. 고등학교 졸업 후, 언니와는 연결이 끊어졌다. 언젠가는 지면으로 화려한 조명을 받을 것으로 믿었기에 그녀의 무소식은 오히려 당연한 것으로 여겨졌지만, 그러나 견문이 적은 탓인가 그녀의 소식은 들을 수 없었다.

'문학'은 어쩌면 차가운 심장을 지녀서 상대가 열정적으로 달려들면 오히려 뒤로 주춤 물러나는, 연애의 정석이 있는 것이 아닌가 싶다. 내가 어줍은 기세로 그에게 매달렸다면, 아마도 지레제풀에 주저앉게 만들지 않았을까 생각한다. 문학에 대한 가슴 타는 열기가 없으면서 지금 이 자리에 서 있으니 부끄럽다. 그렇지만 한편으로는 대견하다 싶기도 하다. 어떤 문우는 습작물이 상자에 가득이라 거나, 출판사의 청탁 대기가 힘들다고 낮게 말하는 것을 들을 때, 참 부럽고 두렵고, 기가 꺾인다. 그분의 그런 노력과 각오가 글이 된다는 걸 모르는 바 아니고 '가열되지 못한' 나를 반성하지 않을 수 없으면서도.

사람의 인연을 살피면 '만남'이 되거나 '스침'이 되거나 할 경우로 나뉜다.

나에게도 기억조차 희미한 셀 수 없는 '스침'일 경우가 더 많았을 것이지만, 나의 문학 저변 '만남'에는 돌아가신 윤석중 선생님이 계신다. 선생님과는 같은 동네 가까이에 살았고 주일 미사 때는 성당 앞자리 늘 같은 자리에 사모님과 함께 앉으시는 모습을 보았고, 그냥 멀리서 뵙기만 해도 마음 따뜻해지는 분이셨다. 선생님 막내 자제분과 내가 같은 나이라는 것도 알았고, 면麵음식을 즐기신다는 것, 근엄해 보이지만 사실은 주위를 놀라게 하는 재치가 있는 분이라는 것도 알게 되었다. 그러나 무엇보다

90세가 넘도록 현역으로 계셨다는 점에는 절로 고개가 숙어진다. 지난해가 선생님 탄생 100주년이 되는 해였고, 돌아가신 지 8년이 지났지만 지금도 목소리며 동글동글한 필체가 선하다.

시로 등단했다가 딸아이가 글을 깨우치면서 아이가 읽을거리를 찾아 책방을 들락이다가 "내가 써 보겠다"라는 생각이 아동문학에 대한 열망이 되어 나를 두드렸다. 여기에 윤석중 선생님이 불을 지펴주신 것이니 그분과의 '만남'이 어찌 소중하지 않겠는가? 선생님의 동시와 동요, 무엇보다 어린이를 높이 대하는 선생님 문학의 근원이 지금까지 울림이 되어 자리 잡고 있다.

이제는 아동문학은 내게 또 다른 의무감과 위로 처가 되었다. 생각하면 이보다 더 고마운 텃밭이 있겠는가 싶다. 이 지구가 멸망하지 않는 한 어린이는 존재할 것이고, 그들이 읽을 수 있는 첫 번의 글이 되어줄 아동문학만큼 소중하고 보람 있는 일이 또 있을까?

'어느 날 해 질 무렵 밖에서 일을 마친 후 그림을 골똘히 생각하면서 화실로 돌아왔지요. 화실에 들어선 나는, 내부를 비추는 광선속에서 눈부시게 빛나는, 이루 말할 수 없이 아름다운 그림 하나를 발견하고 깜짝 놀랐어요. 그러나 이 신비로운 그림에서 알아볼 수 있는 것은 형과 색뿐이었고, 어떤 의미를 발견할 수 있는 것은 아니었습니다.순간 나는 이것이 얼마 전에 그렸던 그림이 옆으로 잘못 놓인 것임을 알았습니다. 다음 날 나는 이러한 감동을 살려보려고 무척이나 노력하였으나 되지 않았어요. 내가 그렸던 그림을 어제처럼 눕혀도 보았으나 언제나 그려진 대상만 보일 뿐, 어제의 색과 형으로 된 아름다운 광채는 다시 보이지 않았지요. 비로소 나는 그림 속의 대상이 그것을 방해하고 있다는 사실을 분명히 알게 되었지요.'

길게 인용이 되었는지 모르지만, 러시아의 화가 칸딘스키가 추상미술의 가능성을 처음 발견한 순간을 이렇게 표현하였다. 이 글은 어찌 보면 그림에만 국한된 말이 아니라는 생각이 든다. 그림이 대상을 묘사해야 한다는 사람들의 오랜 관습에서 벗어나는 것은 음악에도 문학에도 적용되어야 하니까. 나의 문학은 과연 문학적인 관습에서 얼마나 자유스럽게 걸을 수 있을 것인가 자문해 본다. 아직도 나는 제대로의 시인이 되고 싶다. 느끼고 또 쓰고 싶어 한다. 시인이 되었다고 말해 놓고 보면, 시의 못 가 본 길이 눈앞에 펼쳐져 있는 듯한~ 그렇기에 지금도 '시인이 되려고 애쓰고 있다'라고 말하고 보니, 겸손과 다른 부끄럼과 조금 억울하다는 마음이다.(복잡하게도 그렇다.)
그러나 문학이 목숨을 걸어야 하는 두렵고 무거운 존재라면 거리를 두고 싶다. 가끔 보아야 좋은, 좀 뜸하면 보고 싶은 사람처럼 그렇지만 죽을 때까지 놓고 싶지 않은, 그와(문학) 고락을 함

께하고 싶다. 조금은 그에게 위로받고 싶은 존재. 나로 인해 그
도 보람을 느낄 수 있는 우정의 관계, 그렇게 서로에 기대어 살
아가고 싶다.

　이제 할머니라고 불리어도 억울할 것 없는 나이에 이르렀으
니 서로에게 의지 가지가 되어줌도 정복이 아니겠는가? 그런 기
대는 기쁘다. 그러기 위해서는 어떻게 해야 하는지 자명하다. 내
시가 읽는 누구에게 정으로 데워지기를, 작은 기쁨으로 다가가
기를.

에세이 6

01

'우리 이렇게 만나게 되었네요'

신지식 선생님,

선생님에 드리는 글을 쓰기 전에 혹 선생님과 연관된 사진이나 엽서 같은 것이 있을까 하고 찾아보았어요. 내게 있는 사진 속의 선생님을 확인하고 싶어서였어요. 선생님은 원래 모임에 참석하는 일이 드물어 행사에서 뵌 적이 없었지만, 그랬어도 여럿이 함께한 사진 속에서라도 선생님 모습이 있으셨으면 해서지요. 생각대로 선생님과 연결 되는 것이 제게는 아무것도 없었습니다. 선생님과 차를 마신 적도 없고, 개인적인 만남이 없었다는 것에 생각이 이르자 아쉽고 서운한 마음이 들었습니다. (아, 드디어 찾았어요, 제가 보낸 시집을 받으시고 격려의 글을 주셨어요.)

그런데도 제게는 선생님이 큰 모습으로 마음속에 각인되어 있음이 놀랍고도 놀라운 일이었지요. 흔히 사람들은 자주 만나고 소식을 주고받고 해야 가까운 사이거나 친한 사람이라고 부르지요. 그렇지만 몇 년에 한 번 보게 될지라도 그래서 늘 그립고 반가운 사이가 있다는 것도 살면서 깨닫게 되더군요.

　저는 선생님을 아주 오래전에 알게 되었어요. 아마도 늦은 사춘기가 시작될 무렵, 선생님의 저서 〈하얀 길〉, 〈감이 익을 무렵〉이 60년대 베스트셀러였을 때, 많은 독자 중에 한 사람으로 혼자 선생님을 알게 되었다고 말하고 있는 것이지요.
　선생님의 책을 서점에서 구해 읽으면서 병으로 사망한 친구를 그리는 〈하얀 길〉의 소녀, 학교 선생님을 짝사랑하는 여학생이 있는 〈감이 익을 무렵〉은 수줍고 숫기 없는 한 여학생의 감성을 일깨워 주셨고, 감히 선생님 같은 글을 쓰는 사람이 되겠노라는 꿈을 심어 주셨어요. 고백 하자면요, 말린 네 잎 클로버를 얌전히 붙이고 선생님께 팬레터를 보냈습니다. 그렇게 누구에게로 편지를 보냈다는 것은 제가 처음 한 일이고 마지막으로 한 일이 되었어요. 어린이들과 공부하는 시간에 선생님과의 얘기를 아이들에게 말한 적이 있었지요.
　"선생님, 선생님!, 답장을 받았어요?"
　팬심에 관심이 많은 어린이는 물었어요.
　저는 쑥스러운 목소리로 말했어요.
　"아니, 선생님은 답을 보내주지 않으셨어."

저는 소망대로 글을 쓰는 사람이 되었습니다.

그것도 어린이를 위한 글을 쓰는 사람이 되었어요.

얼마 전 '월간문학'에서의 청탁은 '문단 실록-남기고 싶은 이야기' 였어요.

그 원고에 선생님의 이야기를 썼습니다. 신지식 선생님은 내게 학교가 아닌 곳에서 배움을 주신 분이라고요. 그 말은 실제이고 진심입니다.

오래전 어느 분의 시상식장으로 기억합니다.

선생님을 그 자리에서 처음 뵈었습니다. 놀라웠지만 조심스럽게 인사를 드렸지요.

선생님은 저를 알고 계셨습니다. 기쁜 마음으로 그 짧은 시간에 선생님께 제 마음을 나타내 보였어요.

선생님은 "우리 이렇게 만나게 되었네요"

하시면서 저를 가볍게 안아 주셨습니다.

아마도 개인적인 만남을 꼽으라면 그날이 아닌가 싶어요.

선생님은 아주 옛날에 보았던 흑백사진 속의 모습과 크게 다르지 않으셨지요.

끝을 동그랗게 굴린 스탠카라 윗도리, 기장이 긴 스커트를 입으시고 특유의 미소 띤 얼굴, 내 머릿속에 남아있는 모습 그대로셨어요.

소녀들의 필독서가 된 〈빨강머리 앤〉은 책으로 읽고 또 넷플릭스로 보면서 지금도 새로운 감동으로 선생님을 생각하고 그리게 됩니다.

선생님이 황망히 떠나시고, 이제 선생님을 그리는 추모의 글을 씁니다.

일본식 요리로 후배들에게 점심을 대접하시곤 했다는 따뜻한 일화, 한곳 아파트에서 오래도록 사셨고, 댁에는 선생님 성품대로 예쁘고 정갈한 소품으로 장식하셨다는 것.

수산나로 세례를 받으셨다는 소식 등도 모두 지인들한테서 듣게 된 것입니다.

선생님, 다시 뵙게 되면 주저하지 않고 먼저 달려가겠습니다.

그다음은 선생님의 문학과 삶에 대해 듣겠습니다.

제가 선생님을 존경하고 사랑했노라는 말을 숨기지 않고 하겠습니다.

그러나 어쩌면요, 아무 말도 못 하고 그냥 가만히 있을지도 모르겠습니다.

그래도 제 마음을 다 헤아려 주실 것이라 믿기 때문입니다.

이 추모의 글을 쓰면서 저는 온종일 행복합니다.

선생님과 행복을 나누고 싶습니다.

- 정두리 올림

02
"반갑다, 반가워" 두 손 잡아 주세요

인사동 네거리의 작은 건물 동일빌딩, 약속이 있어 그 길 주변을 지날 때면 유독 손질하지 않아서 변함이 없는 건물에 눈길이 머물게 된다.

그곳은 아주 오래전 아동문예의 사무실이 있던 곳이다.

건물 꺾어지는 계단을 따라 이리저리로 허리 굽히고 올라가면 4층 철학관, 지금도 철학관은 있다. 그 맞은편 작은 방에 박종현 주간님의 자리가 있었다.

처음 일반 시로 등단했다가 좀 늦게 동시로 궤도 수정을 하여 길눈이 어두운 내게 가끔 만나게 되면, 주간님은 잊지 않으시고 발표한 동시를 잘 읽었노라고, 시가 좋아졌다는 덕담까지 보태어 기운을 북돋아 주시곤 했다.

남도 특유의 말꼬리를 길게 빼는 사투리마저 정겨웠던 주간님, 그때부터 인사동 아동문예와 크고 작은 인연은 시작이 되었다.

1985년 1월, 김복태 선생의 그림으로 출간된 나의 첫 동시집 '꽃다발'에 대한 얘기는
주간님과의 인연으로는 빼놓을 수 없는 일이다.
아동문예에서 처음 시도한 변형 국판의 사이즈, 김복태 선생의 밝고 따뜻한 그림이 어울려 '꽃다발'은 한동안 동시집의 새로운 모습으로 자리 잡았다.
첫 시집의 기대감, 지금도 처음 시집을 내는 후배를 보면 그때가 아름다운 추억으로 떠오른다. 딸 아이의 반 친구들에게 일일이 사인을 했지만, 앞장에다 '유리안나와 그의 모든 벗에게'라고 적어 멋을 부리기도 했다.
원로 선생님은 동시집을 받으시곤 '동시집이 이렇게 화려해도 되나 싶다.'라는 우려의 말씀을 주시기도 했지만, 지금으로 보면 '뭐, 별로~'인 거 같은 데도 그러나 그 당시로는 좀 튀었다. 주간님의 기획과 안목이 남달랐던 것은 첫 시집에 대한 나의 기대감을 읽으셨기 때문이었다고 느낀다.
1988년 올림픽으로 온 나라가 들썩이던 해, 아동문예에서 출간된 5행 동시집 '어머니의 눈물'의 그림작가 다섯 분과 함께한 시화전. 돌아보면 이것도 다시 할 수 없는 일이라 생각한다.

'꽃다발' 이후 '어머니의 눈물', '안녕, 눈새야', '서로 간지럼 태우기'가 아동문예 박종현 주간님의 손길로 출간되었다.

아동문예 인사동 시절, 그곳에서 박홍근 선생님을 처음 뵈었고 젊고 여리여리한 박옥주 편집자와 나누던 이야기며, 지금 쌍문동 시절과는 또 다른 따뜻함이 있었음을 기억한다.

아직도 내게는 친숙한 이름 박종현 주간님, 선생님이 우리 곁을 떠나신 지 벌써 1년이 되었고, 추모의 글을 청탁받고 잠깐 애틋한 마음으로 책상 앞에 앉아 화살기도를 드렸다.

돌아가시기 얼마 전, 쌍문동에서 안종완 발행인, 박옥주 편집주간과 함께 만났을 때, 손을 잡으시며, "반갑다, 반가워" 하셨던 음성이 아직도 귓가에 남아있는 듯하다.

오랜만에 나를 보시고 정말 반가워하시는 모습에는 그 연세에도 아무런 꾸밈이 없는 청년의 순수함이 드러나 보였다.

말년에 자주 아프시고, 모임에서 뵐 수가 없었지만, 아동문예라는 이름과 더불어 선생님은 언제나 제 곁에 계시는 분이셨고 지금도 그러하다.

우리 모두 가야 하는 곳으로 먼저 가신 주간님, 주간님은 그곳에서도 어린이와 아동문학을 생각하고 계실 것으로 믿어진다. 어디서라도 그런 선생님의 모습을 찾기란 어렵지 않을 것이다. 그때도 "반갑다, 반가워" 두 손 잡아 주시지 않을까 싶다.

주간님, 누군가가 생각이 나면 그건 그분도 나를 생각하고 있는 것이라 들었습니다.

모두가 한마음으로 주간님을 생각하는 곳이 있습니다.

이곳으로 마음을 보내주시고, 귀 기울여 주세요. 함께이고 싶습니다.

난정 선생님을 기리며

'올해도 과꽃이 피었습니다.

꽃밭 가득 예쁘게 피었습니다.'

우리 집 마당의 과꽃이 제법 어울리기 시작한다. 특별난 빛깔도 아니고 향기도 미미한 그저 수수한 모양새에다 '우리 꽃' 정도의 대접을 받는 과꽃. 그렇지만 이 꽃은 난정 어효선 선생님을 떠올리게 하는 내게는 애잔하고 정겨운 꽃이다.

서교동 빌딩 숲 사이 나지막한 선생님 댁 좁다란 시멘트 마당 한쪽에도 해마다 가을 이슥할 때까지 과꽃이 피어 있던 걸 기억한다. 내가 마당이 있는 곳으로 이사를 하고, 봄에 과꽃 씨를 뿌렸다는 전화를 드렸을 때, "거, 하얀 꽃이 피면 씨를 받아 다우." 하셨던 선생님.

내 방 입구 쪽 벽에 손수 써주신 〈두리 詩室〉의 현판을 걸었다는 걸 아시고 '언제 보러 가마' 하셨던 선생님, 과꽃 하얀 꽃의 씨앗도 전해드리지 못했고 내가 사는 용인 골에도 와 보시지 못한 채, 지난 해 봄 선생님은 서둘러 먼 길을 떠나셨다. 그렇지만 선생님은 내 방을 지켜주시는 듯하고, 선생님을 기억하고 추억하는 내게는 언제나 가까운 분이시다.

지난 오월, 선생님의 일 주기를 보내면서 선생님이 노랫말을 지으신 동요를 어린이들과 합창을 했다. 동요는 합창으로 부를 때가 좋다. 이건 어디까지나 나의 개인적인 취향이기도 하지만, 누구의 돌출되는 목소리도 원하지 않는 서로의 화음으로 완성되는 합창곡은 요즘처럼 튀고 싶은 사람이 많고 그래야 대접받는다고 생각하는 세태에는 더욱 필요한 노래일지도 모른다. '나'도 아니고 '너'여서도 아니 되고 '모두', '우리', '함께' 마음과 소리를 모음으로 이뤄지는 합창. 어린이들과 노래하는 동안 잠시 누구를 미워하고 삐긋해 있던 마음이 누그러지고 내 목소리에도 푸른 물기가 배었다.

'아빠가 매어놓은 새끼줄 따라 나팔꽃도 어울리게 피었습니다'

누가 이 노래를 모른다고 하랴. 자연을 사랑하고 가난을 두려워하지 않으며 그런 마음으로 시를 읊던 선생님. 그래서 선생님을 알게 모르게 좋아하고 따르던 이가 많았고, 나도 그중의 한 사람이다. 어느 해 설날, 세배하러 갔던 날. 오랫동안 계속하셨던 신춘문예 심사를 이제는 그만 맡기로 하셨다는 말씀을 하셨다.

"젊은 사람이 더 잘 볼 텐데 그래서"

선생님 자신이 우기시듯 사양하셨다는 말씀을 듣는 동안 앉아 계신 자리 뒤편이 환하게 밝아 보이는 거였다. 맺고 끊음이 분명하고 넘치지 않은 선생님, 말씀대로 서울 토박이 500명에 드신 분이 아니신가?

너무 깔끔하셔서 종내에는 자신의 몸까지 세상에 내어놓으신 선생님께 무슨 말을 할 수 있겠는가!

'우리 마음에 빛이 있다면 여름엔 여름엔 파랄 거에요'

아, 선생님은 경어체의 노랫말로 우리를 일깨우시는구나. 노래에도 지켜야 할 범절이 있다는 걸 일러주시는구나.

'야, 자, 가, 해!'의 외침이 난무하는 어쩌면 그런 막소리에 면역이 되어있는 마음과 귀에 한줄기 청아한 바람이 되어 줄 노래. 우리 삶에서 어린 시절만큼 아름다운 무지개로 떠오르는 시절이 또 있을까? 그렇게 아름다운 시간이 있었음을 감사할 일이다.

그 시절을, 풍요롭고 빛나게 이끌어 주던 노래가 함께 있었다는 것도 우리가 받은 정복이리라. 난정 선생님의 노래가 있어 더욱 푸르렀던 우리들의 유년, 혹 삶이 어지럽다면 그 추억의 힘으로 기운을 부어 넣기를 바란다.

04
내 삶에 드리운 따뜻한 빛

문득 머리를 차갑게 두드리듯 떠오르는 기억, 그런 기억에 몸이 떨릴 때가 있다. 오늘이 그랬다. '어느새~' 나의 기억이 잊지 않고 있었다.

곧 그의 기일이다. 시간이 흘러 벌써 40년 가까운 세월이 흘렀다. 그의 나이 스물다섯, 아름답고 아까운 나이에 떠났다. 그 아이 내 동생, 귀가 중에 교통사고로 사망했다. 병원에서 온 사고라는 연락을 받고 정신없이 지갑에 돈을 챙기면서도 그렇게 허망하게 유명을 달리하리라고는 생각하지 못했다. 내가 만져본 그의 두 발은 온기가 남아있었고 플라스틱 소쿠리에 담긴 유품 수첩에 '누나 생일'이란 메모는 나를 오열하게 했다. 지갑에 돈이 있으면 그가 살아날 것이라 믿는 못난 나의 믿음이 부끄럽고 어이없어 눈물이 났다.

그때, 나의 첫 시집은 약속된 날짜에서 오늘내일하던 중이었지만 동생의 죽음 때문에 책에 관한 관심은 사치였고 관심조차 말라 버리고 말았다. 누구에게나 그렇지만 첫 시집에 거는 기대와 설렘은 책을 받아들기 전에 가장 큰 것이 아니겠는가?

그의 첫 기일에 한 편의 시를 그에게 줄 수 있었다.

세월이 약이라는 말은 맞는 말이기는 하다
눈앞에 뵈지 않으면
멀어진다는 말
그건 아니다.
눈보다 마음에 심은 네 모습을
자꾸 지우려고 할 때가 있었다.
그건 네 뜻이 아니고
우리의 뜻이었으므로 불가능했다.

너 혼자 우리 모두를 독차지했으니
너 혼자 늙지 않도록 시간을 붙들어
매었으니
너는 정말 장하다.
네가 좋아하는 노래 한 소절에

우리는 함께
무너지고 다시 일어난다.
너는 우리에게 기쁨이다.
그리고 우울한 희망이다.

우리가 옛말하며 다시 만날 때
그때는 어떤 말이 옛말이 될까?

－시詩『옛말』전문

시가 내게 위안이고 희망이 되었던 것은 이 시를 쓸 때가 아닌가 한다.

인용한 시가 다른 이에게는 흠이 보이는 글이었대도 내게는 위로가 되고 또 스스로 나를 달랠 수 있는 도구가 되었다.

지금까지의 내용은 이번에 받은 제목에 적합하지 않을지도 모른다. 그러나 시와 나의 얘기를 이어가기 위해서는 필요한 글이라 여긴다.

지나고 보면 나의 삶은 소설이 못되고 객관적으로 보아도 운문적으로 남겨질 것이다. 나는 초등학교 때부터 글짓기 시간은 동시를 쓰는 시간으로 알았다.

지금껏 능력이 부족한 탓이기도 하지만 다른 분야를 넘보거나 기웃거리지 않았고 경계를 지켜왔다. 시로 등단하여 조금 움직여 본 것이 아동문학 동시이다. 내 문학의 크기나 규모는 이미 정해져 있었고, 그래서 균열이나 자신의 갈등을 겪지 않았다. 처음부터 내세울 것 없는 열정은 오래전 가라앉아 버렸지만, 시와 함께 한 짧지 않은 시간이 여과시킨 나의 삶은 운문적으로 남겨지기를 원한다.

대여섯 살쯤 되어 보이는 사내아이가 빠르게 잰걸음으로 걸어오다가 순간 발걸음이 엉겼는지 넘어졌다. 아이는 주변을 돌아보더니 얼른 일어난다.

무릎이 살짝 까인 듯 피부가 불그스름해 보인다. 좀 아플 것이다.

"아유, 씩씩하네. 아파도 울지 않고…."

나의 말에 아이는 눈가에 맺힌 눈물방울을 달고 억지로 웃는 표정이 된다.

"조심하지, 왜 이리 잘 넘어지냐?"

뒤따라온 엄마가 소리친다.

아이는 일그러진 표정으로 흐느낀다.

아이를 일어나게 한 힘은 무엇일까? 또 마음 놓고 울 수 있도록 한 힘은 무엇일까?

비유가 어떨지는 몰라도 시는 내게 그 두 힘을 주었다.

누가 보아도 '너 아무개 동생이지?' 하고 물었던, 나를 꼭 닮은 스물다섯 동생의 얘기로 돌아간다.

1979년 첫 시집의 설렘과 동생을 잃은 목메는 슬픔과 그리고 시도 때도 없이 터지던 울음도 지나고 보니 고맙게도 시가 되어 주었다.

장례식에 와서 동생의 영정을 들고 있었던 잘생긴 청년들에게 가졌던 대책 없는 질투심에 용서를 구한다. 그들도 지금은 나이든 초로의 신사가 되었을 것이다. 한때 친구였던 아무개를 기억해주지 못해도 용서하리라.

나는 유감스럽게도 빛나는 삶의 조감도를 그려놓지 못했지만, 그랬다고 해도 그 구도대로 살아내지 못했을 나날에 대해, 나의 문학과 나의 시는 늘 따뜻하고 부드러운 빛이 되어 주었다. 비록 볕뉘 속에서도 이 따뜻한 그리움은 크고 아름다운 선물이 되었고 아직도 다 사용하지 못했기에 감사할 뿐이다.

05
동요의 아버지, 석동 윤석중 선생님께

꽃들이 다칠까 봐 / 가만가만 내려오는 / 이슬비는 이슬비는 /
그 얼마나 고마우냐. //
사람 손 닿지 않게 / 물에 연꽃 피게 하는 / 연못 물은 연못 물은
/ 그 얼마나 고마우냐. //
비 오는 날 우리 대신 / 비 맞으며 다니는 / 우산은 우산은 / 그
얼마나 고마우냐.

선생님, 이 세상의 고마운 것들을 잊고 사는 어린이와 어른들
에게 선생님은 고마운 것을 일깨우는 '그 얼마나 고마우냐'는 동
요를 쓰셨습니다. 살펴보면 우리 주위엔 고마운 것들로 가득하
다는 걸 노래로 일러주셨어요.
　　그것은 저마다 고마움을 가슴에 품고 착하고 따뜻하게 살아

가라는 바람이셨지요? 고마워하는 마음, 그 마음은 어찌 보면 사랑하는 마음보다도 앞서가는 감정일지도 모릅니다.

신문이나 뉴스를 보고 듣기가 무서운 요즈음을 사는 우리 모두의 큰 잘못은 고마운 마음을 모르고 살기 때문이 아닌가 싶어요.

오늘 새롭게 읽어보는 선생님의 동요는 저에게도 고마움을 모르는 사람이 아니었나 반성하게 합니다.

선생님, 가만 머릿속으로 짚어보니 20여 년 전, 남대문 대우빌딩에 있는 '새싹회'에서 선생님을 처음 뵈었어요.

출입구와 큰 길가 유리 벽을 제외한 벽에 빼곡한 책, 책상과 의자가 조촐한 선생님의 사무실이자 집필실이 떠 오릅니다. 그곳엔 막사이사이상을 받으신 후 축하 글 모음이며 노래비 앞에서 계신 선생님 사진과 오래된 책상 위에는 빨간 줄 그어진 원고지가 펼쳐져 있었습니다.

"이번에 새로 쓴 글인데 어떤가 들어봐요"

선생님은 종이에 쓴 글을 읽으시는 게 아니라 외우고 계셨던 동시를 저에게 들려주셨지요.

그 당시 초보를 겨우 면한 제가 얼마나 놀라고 부끄러웠는지 선생님은 모르셨을 것입니다. 까마득한 후배인 제게 선생님의 글이 어떠냐고 물어 오신 것이니까요. 그건 제가 겪은 놀라운 겸

손이셨습니다.

　제 시 한 편도 변변하게 암송할 줄 모르는 저에게 셀 수 없는 많은 시와 그에 얽힌 이야기들. 선생님의 그 오묘한 암기력은 경이로울 뿐이었지요. 열세 살 때부터 80년을 써 오신 1200편이 넘는 선생님의 글은 섬세하고 다정하고 그러면서도 건강하고 밝은 노래였습니다. 또 맑고 바른 마음으로 서로 아끼고 사랑하는 마음을 지니라고 일러 주셨습니다.

　선생님, 오늘 저는 선생님께 띄우는 편지를 씁니다.
　생각해 보면 선생님께 이런 글을 써 본 적이 없었던 제가 우편번호조차 알 수 없는 곳으로 지금에서야 편지를 쓰고 있습니다.
　아마도 그곳은 주소와 번지수 따위는 필요가 없는 아늑하고 고요로운 곳이기에 이 글은 빠른 우편보다 더 빠르게 선생님께 닿으리라 생각됩니다.
　선생님, 이 편지엔 눈물 나는 아픈 이야기는 하지 않으려고 마음먹었습니다. 마르지 않는 샘물처럼 새롭고, 헝클어지지 않은 우스개로 앞에 앉은 사람들을 마음껏 웃게 해주시고, 그 모습을 함께 기뻐하신 선생님이시니까요.
　몇 년 전 동요 대상 수상 소식을 듣고 축하의 말씀을 드렸을 때 "아, 대상은 대신 받는 상이야. 어린이 대신해서" 하셨어요.
　주례를 부탁하러 오신 분이 자꾸 어려워하니까

"얼마짜리로 해드리면 될까요?"

하셨던 일화도 있었지요. 그분도 웃고 나가셨지요?

건강하셨던 선생님이 입원하셨을 때 "아프지 마시고 오래 사세요."

문병 오신 수녀님 말에 "올해만 살아라구?" 하셨다지요.

누구도 따라갈 수조차 없던 선생님의 위트는 한 번의 웃음으로 날려버릴 수 없는 잔잔한 여운을 남기게 하셨지요. 일변 근엄해 보이는 모습 어디에 감춰진 또 다른 선생님의 모습, 이렇게 추억하라고 남겨 주셨는지요.

"내가 좀 잘 둘러대지요."

우리들의 웃음 끝에 하신 선생님 말씀이셨어요. 선생님은 이미 알고 계셨나 봅니다. 남을 기쁘게 하는 일은 내가 먼저 행복한 일이라는 것을요.

청력이 나빠지신 뒤에는 사모님과 필담을 주고받으셨는데, 사모님이 적어 주신 글에 받침이 빠졌다고 하나하나 지적해 주셨다는 말씀 들었어요.

우리 말과 글을 누구보다 귀하게 여기며 아끼셨던 선생님. 방송에서, 일상생활에서 우리 말을 막 대하는 걸 안타까워하시고 아파하셨습니다.

'나들이'라는 단어가 보편화 되기까지 50년이란 긴 시간이 걸렸다는 것과 단어 하나의 토착화가 그만큼 어려운데 우리 말을 망가지게 해서는 안 된다는 안타까움을 두고두고 말씀하셨지요.

'어린이가 불러야 좋은 동요'를 위해 평생을 바치신 선생님.

언젠가 선생님께서 노래방이란 어떤 곳인가 궁금해하셨습니다. 그곳이 어린이들이 노래 부를 수 있는 곳인가 물어보셨지요. 가족과 함께 가서 어린이가 동요를 부를 수 있는 곳이라고 말씀드렸어요.

주로 지하가 아니면 이 층으로 올라가야 하는 노래방에 선생님을 모시지 못해 아쉬움이 남습니다. 선생님의 노래가 오래 남을 수 있다면 그것은 곡조의 힘이고 듣기 좋게 불러 준 어린이 덕택이라셨던 선생님.

선생님의 노래를 부르지 않고 어른이 된 사람은 아마 이 땅엔 없겠지요.

슬픈 이야긴 하지 않겠다고 했는데 아무래도 그 다짐을 지킬 수 없을 것 같습니다. 12월 12일을 어찌 말하지 않을 수 있을까요? 방배동 성당의 영결미사에는 많은 이가 눈물지었습니다.

제대 앞 첫 번째 자리. 그날은 유가족이 앉았던 자리였지요. 주일미사 때면 선생님과 사모님은 늘 함께 그 자리에 앉으셨어요. 선생님의 빗자국 나는 은빛 머리와 사모님의 미사포를 쓰신 모습은 참으로 보기 좋은 모습이셨습니다. 평생을 한길로, 하고 싶은 일만 하실 수 있도록 선생님을 도우셨던 사모님. 두 분은 모범의 삶을 살아오셨기에 아름다운 뒷모습을 보여주실 수 있으셨습니다. 이제 그 자리엔 사모님만 앉으실 테지요.

'냇물이 바다에서 서로 만나듯 우리도 이다음에 다시 만나세'

성가대가 불러 주는 선생님의 노래를 들으며 자꾸만 눈물이 흘렀습니다.

선생님, 세상의 삶은 끝나셨지만, 꼭 다시 만나게 될 것을 믿고 또 믿습니다. 다시 뵐 때도 실꾸리에 실이 풀리듯 제가 모르는 아름다운 시를 읊어 주세요. 그때도 저는 한없이 낮아져서 행복하게 들으렵니다.

사람은 온 곳이 있어 다시 그곳으로 돌아간다고 합니다.

5월에 태어났으니 어린이날이 있는 5월에 돌아가시고 싶다셨던 선생님.

선생님은 이 나라 어린이의 마음에, 그리고 저의 작은 기도 속에 영원히 머물러 계실 것을 믿으며 기도합니다.

06
큰 스승 윤석중 선생님께

선생님, 이 글은 선생님께 드리는 두 번째 글입니다.

올해 탄신 100주년을 맞아 〈오늘의 동시문학〉에서 '윤석중 선생님과 나'라는 내용의 글을 청탁해왔습니다. 선생님이 저희 곁을 떠나신 다음 해인 2004년 그러니까 벌써 7년이 되었군요. 그때 〈오늘의 동시문학〉 봄호에 추모 특집으로 선생님께 드리는 저의 편지를 공개한 적이 있습니다. 그 편지는 SBS '아름다운 세상'이라는 프로그램에서 손숙 씨가 읽은 글이니까 방송으로 활자로 알려지게 된 글이지요. 그리고 이번이 두 번째로 드리는 공개적인 편지입니다.

사실 이런 편지글이 아닌 다른 글을 써 보려고 생각을 접었다가, 아직 못다 한 말이 저절로 선생님께 드리는 편지글로 바뀌는 거였습니다. 그래서 그렇게 하기로 마음먹었습니다.

선생님, 이건 어디까지나 제 생각입니다만 선생님에 대한 글은 제가 먼저 그리고 여러 번 써도 되는, 쓸 수 있는 사람이라는 생각, 나무라지 말고 웃어주시겠지요?

우리 새싹회에서도 〈새싹문학〉 116호 여름 치 특집을 준비하면서 선생님의 사진을 정리하였습니다. 사진 곳곳의 선생님 모습, 어쩜 연세 드실수록 선생님 특유의 멋과 개성이 드러나는지요. 1980년대로 접어들면서 제 모습도 언뜻 보이는 그 추억의 흔적들은 다시 새롭게 선생님을 생각나게 했습니다.

제가 선생님을 처음 뵌 것은 27년 전쯤으로 꼽힙니다. 구상具常 선생님의 소개로 남대문 대우빌딩 새싹회 사무실에서 선생님을 뵈었지요. 두 분은 나이를 따지지 않는 아주 특별한 우정을 갖고 계셨어요.

그 자리가 어색하고 부끄러워서 사무실 한쪽의 의자에 동그랗게 앉아있는 저를 잠깐 잊으셨는지 "아, 아직도 상賞을 구求하는 분이신가요?"(윤 선생님)

"그럼요, 주실 때까지 구하는 구상이지요."(구 선생님)

두 분은 '새싹문학상'을 타고 싶어 한다는 구상 선생님의 성함을 놓고 장난기 섞인 말씀을 주고받으셨지요. 저도 살짝 웃음이 나왔지만 웃어도 되는 건지, 그냥 듣지 못한 듯이 있어야 하는지 몰라 입을 가리기만 했어요.(구상 선생님은 꾸준한 의지에도 불구하고 그 상은 받지 못하셨지요?)

그 방 한쪽 벽은 책꽂이가, 그리고 책상과 의자, 액자 몇 점.

그중엔 주요한 선생님의 시를 류달영 선생님의 글씨로 쓴 액자가 눈길을 끌었습니다.

마른 나(ㅁㄱ)에 물 주는 뜻은/ 님 보라는 뜻이지요/
꽃 필 때 오시마 한/ 님 보라는 뜻이지요

이 시는 연시戀詩에 가까우나 저는 저대로 달리 해석합니다. '마른 나(ㅁㄱ)에 물 주는 뜻'은 1956년 척박한 이 땅, 우리의 어린이를 위해 새싹회를 만드시고 그들을 향한 선생님의 애틋한 사랑을 뜻하여 류달영 선생님이 써 주신 글이라는 것으로요. 그 액자는 지금도 새싹회 사무실에 걸려있어 선생님 뵙듯 합니다.

사무실에서 선생님은 늘 글을 쓰고 계셨고, 그 일은 제가 기억하기로 구순九旬까지 이어진 열성적인 현역이셨습니다.

"이거, 좀 들어봐요. 방금 끝낸 글인데~"
문단 끝자리 새카만 후배에게 열심히 시를 읽어주시는 너무도 소탈하신 선생님. 간혹 선생님을 가까이하기 어려운 '어른'으로 여기는 분들도 계시지만, 그분은 선생님의 그런 진면목을 알아볼 기회를 얻지 못했던 분들이 아닐는지요?

선생님의 이런 모습도 있었지요.

선생님과 황 수녀님, 노원호 선생님과 안동을 가기 위해 중앙

선 기차를 탔지요. 객차 안에서 초등학교 어린이들이 좀 시끄럽게 조잘대는 자리로 가서 수녀님이 말씀하셨어요.

"얘들아, 저쪽 자리에 동요 할아버지 윤석중 선생님이 계시단다. 말씀 좀 들어 볼까?" 어린이들과 함께 온 어른 중 한 분이 물었어요.

"그분이 아직도 살아 계셔요?"

선생님은 그분들에게 다가가 "윤석중입니다. 아직도 살아있습니다."하고 꾸벅 인사를 하셨어요.

우리는 모두 웃었고 재밌게 동요를 부르면서 기차여행을 했지요.

'정말로 국경이 없는 것은 동심童心인 줄 압니다. 동심이란 무엇입니까? 인간의 본심입니다. 인간의 양심입니다. 시간과 공간을 초월해서 동물이나 목석하고도 자유자재로 이야기를 주고받으며 정을 나눌 수 있는 것이 동심입니다. 동심으로 돌아갑시다.'

1978년 필리핀 라몬 막사이사이 재단이 주는 막사이사이상賞을 받고 하신 수상 소감 일부를 옮겨 보았습니다.

선생님이 주장하신 대로 동심으로 일관하신 삶은 생활에도 작품에도 그대로 나타나 있습니다.

마음과 마음을 / 이을 수 있는 / 고리가 있다면 //

이 세상 사람들이 / 서로 마음을 /사랑의 고리로 / 잇고 산다면
//

세계가 한마음이 / 될 수 있겠지 / 정다운 한 식구가/ 될 수 있
겠지

　　　　　　　　　　-'고리'의 일부(새싹문학 25호, 1983년)

선생님, 계신 그곳에서도 '고리'를 잇고 계시는가요, 이 땅의
미진한 고리를 걱정하고 계시는가요?

얼마 전 사모님을 뵙고 왔습니다. 97세 고령이신 사모님은 요
즘 요양병원에서 생활하고 계십니다. 거동은 불편하시지만, 아
직도 분명한 기억력으로 저희들을 알아보셨습니다.

평생을 선생님이 하고자 하는 일을 할 수 있도록 집안일을 꾸
려 가신 사모님, 어찌 보면 선생님은 그런 사모님을 만나셨기에
올곧은 길을 갈 수 있으셨는지 모릅니다. '옛사람을 만나니 눈물
이 난다.' 시던 은빛 머리의 모습이 아픔으로 다가옵니다. 걸음
걸이까지 선생님을 제일 많이 닮은 둘째 아드님을 비롯하여 사
모님 곁에는 번갈아 가며 미국에서 자제분들이 귀국하여 어머니
를 지켜주고 계십니다. 이런 일 선생님도 죄 알고 계시지요?

'우리 막내와 나이가 같다' 시며 제 나이를 기억해주셨지요?
제가 어머니를 잃고 풀이 죽어지낼 때, 두 살에 어머니가 돌아가

셔서 외할머니 품에서 자랐던 선생님의 유년을 회상하시며 저를 다독여 주고 위로해 주셨고요.

제가 「새싹문학상」을 받던 날, 지금은 춘천 교구장이신 김운희 주교님이 방배동 본당 주임 신부님 자격으로 오셔서 '상을 주는 분, 받는 분이 모두 본당 신자여서 기쁨이 크다'시며 축하해 주셨고, 선생님도 그 일을 두고두고 말씀하셨어요. 이제 그런 모든 일들이 이렇게 추억으로 남겨지게 되었어요.

돌아가신 박완서 선생님은 '이 세상에서 섬길 어른이 없어졌다는 건 이승에서의 가장 처량한 나이다.'고 하셨습니다. 새해가 되면 저의 집에서 가까운 방배동 선생님 댁을 먼저 방문하고 대방동 박홍근 선생님 댁으로, 그리고 서교동 어효선 선생님 댁에 인사를 다니던 그 몇 해의 설날을 행복하게 여깁니다. 이제 구상 선생님과 세 분 선생님 모두 제 곁에 아니 계십니다. 너무 서둘러 함께 가셨습니다. 박완서 선생님 말씀처럼 저도 이제 '처량하고' 불행한 나이가 되어가는 것인지요?

이 글을 쓰면서 새삼 떠오르는 일이 있어 말씀드립니다. 지금 생각하면 안타깝기 그지없는 일이기도 하지만, 선생님께 꼭 드리고 싶은 말입니다.

생전에 선생님께서 오랫동안 소장하고 계셨던 귀한 자료들을 두고, "내가 죽으면 이것들은 다 넝마 꾼이 들고 갈 것이다"라고 하신 말씀이 생각납니다.

선생님은 이사 갈 때마다 제일 먼저 챙겼던 책과 자료들을 따로 모아 둘 곳을 만들어 여러 사람에게 도움이 되기를 계획하셨습니다. 어린이들이 책을 읽으며 놀 수 있는 곳, 꿈이 크는 곳 '새싹의 집'이 그것입니다. 몇 번의 기회가 무산되고 결국 선생님은 '그 집'을 끝내 이루지 못하고 돌아가셨습니다. 지방자치제의 활성으로 바야흐로 전국이 문학관 짓기가 유행으로 번지고 있지만, 서울 토박이셨던 우리 선생님은 생전의 꿈이었던 설계도까지 지니고 계셨던 '새싹의 집'을 짓지 못하셨지요.

그러나 선생님, 어쩌면 선생님이 계획하신 '새싹의 집'은 이미 우리들의 마음속에 단단히 지어져 있다는 걸 말씀드리고 싶어요. 그 집은 선생님의 글과 노래를 부르며 자라온 많은 사람 마음에 갖가지 형태로 지어지고 있을 것이 분명하니까요.

제가 좋아하는 선생님의 동요를 낭송해 봅니다.

'반갑구나 반가워 / 비 오는 날 새 우산 / 처음 받고 비 거리를 / 자랑삼아 걷는구나//
반갑구나 반가워 / 다시 찾은 헌 신발 / 비 오는 날 꺼내 신고 / 빗 길 걸어가는구나'

오늘은 방사능이 섞인 비를 맞지 말라는 주의보가 종일 뜨는 날이지만, 저는 이 시를 노래처럼 흥얼흥얼 읽으며, 물반지를 만들며 떨어지는 빗방울을 바라보고 '우리나라 큰 스승 윤석중 선생님'께 부족한 편지를 씁니다.

선생님, 다실 뵐 때도 제게 시를 읽어주세요. 제 편지를 읽으시고 마음에 차지 않는 부분은 지적해 주시고요.

지금 저의 머릿속은 오로지 선생님 생각으로 꽉 차 있습니다. 선생님, 이 마음으로 오래오래 그리워하겠습니다.

07
하늘 시인을 위하여

'청솔 푸른 그늘에 앉아/ 서울 친구의 편지를 읽는다./'

선생님,
청청한 푸름의 시 '청솔 그늘에 앉아'를 다시 읽습니다.
1954년 청소년 '이제하'가 또래 '유경환'에게 보내는
이 시는 〈학원문학상〉을 받았고, 마산 학생과 서울 학생의
문학을 통한 아름다운 교류는 전국적인 화제가 되었다지요?
시에서 '맑은 눈' '깨끗한 손'
그리고 '밀물처럼 온몸'을 스미게 하는
그리움의 원천이었던
맑은 한 소년을 우리는 만납니다.
어찌 보면 이성에게 보내는 그리움의 글이라고 여겨지는

그는 굳이 '서울 친구'가 아니어도 좋았습니다.
그냥 그에게 속내를 드러내고 싶은
미더움이 가는 친구 '그'
그때부터였나 봅니다.
홀로이고도 넉넉한 나무, 선생님은 그런 나무셨습니다.
청솔 그늘은 그늘이어서 더 짙은
푸르름이 펼쳐지고 '서울 친구'는 누구도
흉내 낼 수 없는 '눈물 글썽'이게 하는 정령이 되었습니다.

자를 재듯 엄격한 성격,
까다로우신 분, 지레짐작 금을 긋고
멀찍이 서 있던 제게
시집 〈어머니의 눈물〉의 발문을 써 주셨고
신문사 복도 자판기 커피를 뽑아주며
'정두리만의 운율이 있는 시를' 써라 셨지요?
이제 선생님의 그 말씀, 제대로 알아들을 것 같습니다.
어느 날, 선생님의 시 '산노을'을 써 주셨고
일곱 마리의 새가 마주 보는 그림
정다운 소품 한 점도 제게 주셨어요.

은발과 숨기지 않으셨던 보청기와

시인 자신을 닮은 울림이 좋은 목소리까지

그 음성으로 시를 읽던 모습

흔하디흔한 빗나간 우스개 한 번 떨구신 적이 없는

선생님은 격언 같은 시인이셨어요.

그래 설까요, '경이원지敬而遠之'

누군가 앞에 놓은 푯말은 선생님을 외롭게 하지 않았는가요?

정겨움과 그리움, 정한의 시편은

또 다른 선생님의 모습이었던 것

나중 알았습니다.

아픔까지도 그토록 단정하게 다독이셨던

끝내지 못한 수행의 안타까움을 남기신 선생님

지금 계신 곳은 어떤 곳인가요?

그곳에서도 '깨끗한 손' '맑은 눈'

그대로이실 선생님

도린곁이 아닌 곳,

하늘 시인은

푸른 나무로 서늘한 그늘을 만들어

뒤따라 갈 우리를 기다려 주시고 계시겠지요?

그 푸르름은 우리의 신생이기도 합니다.

선생님, 그립습니다.

08
서로 헤아리고 격려해 주는

유치환 시인의 시 '입추'를 읽으며 시작합니다.

입추를 보내고 난 터라 어울리는 시로 떠올랐기 때문입니다.

'여는 글'을 청탁하는 선생님은 "편지글도 좋고요~." 하시며 부담을 덜어주려고 그런 여지까지 제게 주셨습니다. 그러고 보니 제대로 편지다운 글을 써 본 지 오래다고 느끼자, 퉁하고 가슴을 치는 것이 있었습니다. 솔직히 말한다면 편지가 쓰고 싶어졌습니다. 고작 문자이거나, 카톡으로 땜질해 온 터에 편지는 제게 새로이 다가오는 설렘이기도 하였으니까요.

그래서 '여는 글'은 저절로 편지글이 되고 말았습니다.

절기상으로 입추는 무더위 속에 묻혀 지나갔습니다. 정작 이 제부터 가을이 들어 설 자리가 마련되어야 하겠지요? 시詩의 '어쩌지 못할' 일이 어찌 푸른 콩잎에게만, 바람에게만, 아니 시인에게만 있겠습니까만, 이제 긴 장마와 무더위를 이겨내었으니 가을을 맞아도 그리 황망하지는 않을 듯싶습니다.

지난여름, 규모가 커서 기네스북에도 올랐다는 백화점에 가 보았습니다. 제가 들린 곳은 고작 서점에서 책을 사서 아이스링크에서 두어 시간 동안 놀다 온 것뿐이지요. 먼저 서점을 빙 둘러보고 잘 나가는 책을 전시한 코너를 기웃거리다가 요즘 인기 있다는 작가의 소설책과 시집을 샀습니다. 공교롭게 두 권 모두 여성 작가의 작품집이었습니다. 언제부터인가, 소설이나 시집을 접할 때, 먼저 저자의 나이를 염두에 두고 봅니다만, 가끔은 작품보다 작가에게 끌리게 될 때도 있습니다. 나보다 어린 작가(이젠 대체로 그러하니 어찌합니까?!)에 대한 애정은 아동문학에서만큼은 예외입니다.

열심히 책을 발간하는 후배들의 글을 읽는 즐거움은 어떤 일보다 기쁨이니까요. 그들의 글에서는 색다른 냄새와 맛이 있지 않던가요?

좋은 글을(싯구를) 만나면 소름이 돋거나 눈이 갑자기 밝아지는 기분이 듭니다. 부러울 때도 있습니다. (이럴 때 누군가 저의 나이 듦을 지적할 것입니다.)

핵심을 집어내듯 광고 문구 같은 산뜻한 시도 반갑지만, 스미듯 다가오는 지긋한 글도 저는 좋아합니다. 우리 삶이 그렇게 산뜻하거나 삼박하지 않으니까요. 당신의 글은? 제게 묻지 마셨으면 해요. 스포츠 중계를 보면서 뛰는 선수들이 제대로 못 한다고 지청구할 때 있지요? 그런 사람 중에는 볼도 만져 본 적도 없는 경우와 비슷하다고 하면 되나요?

(어쩌나, 너무 비약되고 말았어요.)

참, 보내드린 저의 시집은 읽어보셨나요? 특유의 민망한 얼굴로 "아이고, 아직"이라고 솔직하셔도 정직함에 점수를 드릴 수 있답니다.

제가 몇 번 괄호를 사용한 속내를 챙겨주시고, 이제부터는 우리 동업자끼리라도 서로 챙겨주고 격려해 주는 일, 아끼지 말았으면 합니다. 그것이 이 편지글의 밑그림이란 거 이젠 눈치채셨으리라 믿어요. 예정된 글의 매수에 다다랐나 봅니다.

그리다가 그리워한다지요? 그럼, 글은 그림에 못 미치나요?

그리워하는 사람이 생길 때, 비로소 사랑이 완성된다고 들었어요.

이 가을은 그리움을 품어야 할 계절입니다.

늘 건강하세요.

　　　　　　　　　　　　　　　　　　　　－『열린아동문학』 여는 글

09

아끼셨기에 귀한 칭찬

한 장의 사진을 본다.

곱슬머리를 곱게 빗어 뒤로 넘기고 좋아하시는 하늘빛 치마 저고리 입으시고 두 손을 앞으로 모으셨다. 옆에서 모두 '웃으세요', '김치' 했을 법도 한데 웃음기 없는 얼굴로 앉으신 모습. 지금은 돌아가신 시어머님의 몇 장 안 되는 사진 중의 하나이다.

그날(사진을 찍던 날은 어머님 회갑)만은 기분이 나쁘지 않다는 표시를 하셨더라면 얼마나 보기 좋았을까?

생신 때 모두 모인 식구들이 어떻게 복잡한 차를 타고 집으로 갈 것인가를 어머님은 내내 걱정하셨던 것 같다. 돌아가신 지금에야 그분의 감춰진 감정을 헤아릴 수 있게 되었지만, 처음에는 참 어렵고 차가운 분이라는 인상을 외모에서부터 느끼게 했다.

우리들의 한 시대 전前은 모두 농군이었듯이 어머님도 시골에서 태어나셨고, 그 군邢을 벗어나 본적이 없이 농군의 아내가 되셨다. 버거운 농사에 대식구, 어려운 살림을 꾸려가시는 동안 어머님은 그렇게 감정표현이 힘든 분으로 변하신 것일까?

노인들 특유의 변덕스러움도 어머님에게는 볼 수가 없었다.

손자를 보셨다는 전갈을 받고 쪽 찐 머리로 서울 오신 어머님은 손자를 보듬고 기도문처럼, "강아지같이 실하게 자라거라이." 하시었다.

그때 철없는 어린 산모는, '강아지? 어머님은 손자도 귀하게 여기실 줄 모르시나 봐'하는 마음을 삭이고 있었다.

서울서 함께 사시자는 간곡한 청에도, '내가 편한 곳에 살도록 하는 것이 효도'라고 말씀하실 때는 맏며느리 노릇이 부실한 자격지심이었는지 짧게 오해가 일곤 했었다.

그러나 아끼셨기에 귀한 어머님의 칭찬을 나는 뚜렷이 기억하고 있다.

아들의 하는 일이 어려워지고 있다고 느끼신 어머님은 예고도 없이 서울에 오셨다.

"어느 구름이 비 될지 누가 아나? 성급하게 굴지 말거라." 하시며, 남편과 내 손을 잡아주셨을 때, 나는 어머님의 말씀이 너무나 따뜻해서 울음이 터졌었다. 고개 숙인 나의 등을 토닥이며, "괜찮다. 애비가 있는데, 착한 네가 고생하겠나."

하셨을 때는, 마르고 고집쟁이(죄송)신 어머님이 존경스러웠다.

어머님이 둘째 며느리를 보시게 되어 포목전으로 모시고 나갔을 때 일이다. 신부의 몫으로 혼수를 준비한 다음 "네 것도 하나 사주마. 제일 마음에 드는 거로 골라라." 하셨다.

"우리 완이(손자 이름) 에미는 무얼 입어도 좋지, 우리 고을에 제일인데." 하시며, 나를 쳐다보셨다. 이 놀라운 칭찬, 엄청난 부끄러움을 잊을 수가 있겠는가?

돌아가시기 얼마 전에는 종교에 귀의하시고 열심히 신앙생활을 하셨다.

종교 서적을 읽어보신 적은 없지만, 종교를 믿는 것은 착한 사람이 잘 된다는 것을 믿는 것도 된다고 하시는 어머님의 좋은 믿음 앞에서는 목이 메었다.

이제야 나는 그것을 알게 되었다. 어머님은 아주 즐거우신 날도 그렇지 못한 날을 위하여 조금씩 기쁨을 덜어내어 모으셨고, 마음이 상한 날에도 비축해 둔 기쁨을 꺼내어 나쁜 날을 어렵지 않게 헤쳐나갈 수 있으셨던 것을. 그래서 언뜻 연약해 보이시는 몸으로도 여장부답게 일을 처리하셨다는 것을.

기분 따라 쏠리거나 변하지 않으셨던 어머님의 귀한 칭찬을 기억하는 날이면, 나는 늘 가슴이 따뜻해진다.

10
〈녹색문학상〉이 주는 청청한 힘

오늘 아침도 '산 너울 길' 산길을 다녀왔습니다.

즐거이 하는 일상의 일입니다. 대지산山 아래 터를 잡은 지 5년.

아침이면 비비빗 쯔윗쯔윗 새소리와 가끔 딱따구리의 성마른 소리도 들려옵니다.

눈이 내릴 때의 정경을 사진으로 찍으면 크리스마스 카드가 될 것 같은 경치를 보여 주는 곳. 흔히들 말하는 '숲세권'에 살고 있음을 복으로 누리고 있습니다. 그러나 이곳은 '나 홀로 아파트'. 시중의 평가와는 담을 쌓은 곳이기도 합니다.

어둑한 저녁, 엄마를 놓쳤는지 산에서 내려온 어린 고라니와 마주칠 때도 있습니다.

"얘, 엄마가 널 찾아!"

놀라서 소리치니 녀석도 놀랐는지 허둥대며 피해갑니다.

이제 보니 숲은 고라니도 품어 주고 있었나 봅니다.

집 앞으로 6~7명의 어린이가 짝을 지어 '숲 지도자'가 이끄는 대로 산을 오르는 모습을 봅니다. 어린이들이 조잘대는 소리로 나지막한 산언덕이 새롭게 살아납니다.

하루에도 몇 팀이 앞서거니 뒤서거니 하는 정경은 얼마나 보기 좋은 모습인지요. 지도사는 나뭇잎을 들고서 마주나기와 어긋나기를 설명합니다. 나뭇가지로 비눗방울 놀이를 하고, 나뭇잎 피리를 불기도 합니다.

어린이들은 나무의 열매와 숲에 사는 곤충과 푸나무 서리에 대해 배우고, 무엇보다 나무가 우리에게 주는 고마움에 대해서 익히게 됩니다. 분명한 것은 어릴 때부터 숲에 대해 배운 어린이들은 나무와 풀에 한껏 가까워져서 이다음 어른이 되어 많은 것을 알게 될 것입니다. '이름 모를 풀'이란 말은 쓰지 않게 될 것이며, 숲이 즐거운 곳이라는 것과 나무와 풀과 꽃을 귀히 여기고 사랑하는 마음이 자연스러울 것입니다.

어린 친구들이 은근히 부러워집니다.

이런 '어린이 숲 체험'은 주로 유치부와 초등학교 저학년 중심으로 한여름과 추위를 빼고 이어지는 행사가 되었습니다. 학부모들에게 호응이 좋고, 무엇보다 참여하는 어린이들이 즐거워하는 공부가 되었다고 들었습니다.

한때 용인에서 시골 생활을 해보았습니다. 이름하여 전원주택을 지어 살았습니다.

그곳에서 나무와 풀을 가까이하게 되었고, 하나둘 그들의 이름을 알게 되는 것이 새로운 재미를 주었습니다. 고작 소나무, 떡갈나무, 감나무, 대추나무 정도만 알았던 터에 제법 여러 나무의 이름을 불러주고 쓰다듬어 줄 정도가 되었으니까요.

식물도감에서 글과 그림과 사진으로 익힌 것과 실제로 보고 만져보고 느낀 것의 차이는 컸습니다. 할미꽃과 앵초를 캐다가 집 마당에 심었다가 죄 죽이고 만 일도 있었습니다. 나 같은 사람들 때문에 할미꽃이 귀해진 것이 아닌가 싶어 미안하고 부끄러웠습니다.그들이 앉은 자리가 최적의 장소인 줄 몰랐던 것이지요.

밖에서 안이 들여다보이지 않게 하려고 장날에 나가 묘목을 사서 심었습니다.

나무를 잘 보는 이가 와서 "좀 아쉽다 싶게 성글게 심었어야 해요." 했습니다.

욕심을 부렸나 봅니다. 그 말이 맞았습니다.

나무는 쑥쑥 자라주었고 층층나무와 저절로 자란 오디나무는 뽑아내어야 했습니다.

이르게 단풍이 드는 담장이의 모습이 예뻐 친구들을 불러 차를 마시고, 추위가 가시지 않은 차가운 봄, 마른 땅에서 냉이 캐는 즐거움은 지금도 생각납니다.

한여름 쏟아진 비와 붉덩물에 놀라기도 했고, 부르지도 않았는데 푸른 뱀이 찾아와 놀라움에 떨었지만, 무엇보다 시골 생활은 나무와 숲을 사랑하게 해주었습니다.

그래서 무엇인가 나무를 위한 나의 마음을 드러내 보이고 싶었습니다.

『별에서 온 나무』

어쩌면 모든 나무는 하늘에서 오고, 별에서 내려와 우리 가까이 살게 된 것일지도 모릅니다. 그만큼 소중합니다. 40편은 나무에 주는 시, 18편의 꽃과 풀에게 주는 시를 묶은 『별에서 온 나무』는 그렇게 제게로 왔고 여러분에게 선을 보이게 되었습니다.

시집 속의 나무와 꽃과 풀들이 함께 기뻐해 주었으면 좋겠습니다. 이 시집 한 권으로 나무에 보내는 저의 마음을 나타내기엔 턱없이 부족할 것입니다.

지금도 준비하고 기다리는 중입니다. 어린이들이 읽고 응답해 주는 시, 어린이들에게 또 나에게도 고개 끄덕이는 시를 쓰겠습니다.

꼽아보면 1979년 첫 시집을 발간하고 꽤 오래 시를 따라다니며, 짝사랑처럼 혼자 좋아하며 시를 쓰노라 했습니다.

이제 시도 나처럼 나이를 먹었을 것입니다. 그러나, 어쩌나요? 나이만 먹은 시, 동시에는 금기입니다. 아직도 어린이들에게 들어야 하고, 보아야 하고 또 배워야 합니다.

그들에게 물어보지도 않고 무상으로 쓰고 있는 것도 많아서, 갚아야 할 것이 한두 개가 아님을 알고 있습니다. 이제 그 짐에서 조금씩 벗어나고 싶습니다.

〈녹색문학상〉은 짐의 무게를 덜어내는 데 큰 힘을 주었습니다. '녹색'은 '도시 생활에 지친 현대인들에게 휴식과 에너지를 재충전해 주는 평온한 이미지'라고 풀이해 놓았더군요. 제게는 푸르고 싱그러운 힘으로 여기고 싶습니다.

〈녹색문학상〉이 주는 청청한 힘을 받겠습니다. 격려해 주십시오.

감사해야 할 분이 많습니다.

이 상을 만드신 산림청, ㈔한국산림문학회, 상을 받도록 해주신 심사위원 선생님들, 저의 삶과 문학에 대한 글을 써주신 백승자 작가, 늘 내 손을 잡아주는 친구, 시집을 만들어준 박옥주 님께 감사드립니다.

- 2019년 제8회 녹색문학상 수상소감

11

시를 쓰는 교장 선생님

'학교 뜰에 나가면 숨 쉴 때마다 내 몸 속살에서 봄 나무처럼 새순이 돋을 것 같습니다. 마법처럼 젊어지는 것은 아닐까요?

"아, 아까워 혼자 마시기엔"

만나고 싶은 사람, 고마웠던 사람, 그리고 참, 좋은 사람들에게 이 맑은 공기를 병에담아 보내고 싶다는 생각을 합니다. 정두리 시인님께도…'

이화주 선생님, 보내주신 글을 마음대로 이 자리에서 공개하게 된 것을(의논도 없이) 용서하세요. 지난 1월, 보내주신 글을 읽고 마음 한쪽부터 따스함이 번지던 느낌을 아직도 기억합니다. 지금도 낮고 조용한 목소리와 행동거지, 눈부터 웃는 선생님의 모습을 떠올립니다. 이제 춘천이라는 지명은 판토마임이나 닭갈비

보다 이 선생님을 먼저 점 찍게 되는 버릇을 만들었습니다.

작고 예쁜 학교에서 시를 쓰는 교장 선생님과 어린이들, 크게 이름을 날리지 않아도 좋은, 선하고 맑은 기운이 그곳을 감싸는 듯 느껴집니다. 이만하면 내가 선생님께 편지를 보낼만하다고 웃어주겠지요?

지난해부터 동시협회보에 실리는 '달리는 편지' 코너에 이번 호에는 노원호 선생님이 내 손에 배턴을 놓고 가셨습니다. 아시다시피 처음부터 이 자리는 은밀한(?) 내용은 말하기 어려운 곳인 거 알고 있지요? 하지만 잘 만나야 2년에 한두 번쯤 얼굴을 볼까 말까 한 우리 회원들에게 협회의 소식지가 큰 역할을 하는 것은 고마운 일이지요. 또 이렇게 편지를 띄울 수도 있는 것이고요. 동시의 활성화를 위하여 어렵사리 힘을 모은 동시인들, 시가 뒷전으로 밀려간다고 계정부리지만 아직 우리들의 기운은 미미할 뿐이지요. 그러기에 시를 쓰는 시인들의 몫이 분명해지는 게 아닌가 확신하게 됩니다.

같은 길을 함께 가는 동시인들은 서로 격려하고 채근하며 공부하기를 다짐해 봅니다.

오락가락 장마 중에 오늘은 반짝 날이 들었습니다. 비가 오지 않는 날 저녁에 개구리들의 소리가 산골을 흔듭니다. 어느 시인은 개구리 소리를 '캐스터네츠' 소리라고 했습니다. 정말, 그 표현이 맞다는 생각이 듭니다. 무엇보다 시인의 눈과 귀와 마음은 오염되지 않아야만 합니다.

누군가를 생각하면 가슴이 설레이는 건 굳이 이성에게서만 느끼게 되는 감정이 아니라는 걸 알게 되는 나이가 되었습니다. 자주 만나고 차도 마시고 이보다 더 좋은 교류는 없겠지요? 그렇지만 대화란 꼭 입으로 말을 주고 받는 것을 의미하는 게 아닐 수도 있다 싶어요. 마음으로 주고 받는 일, 이보다 우리들은 시를 주고 받을 수 있는 정복을 누릴 수 있는 사람들이니까요.

'친구가 될 수 없다면 스승이 아니고, 스승이 될 수 없다면 진정한 친구가 아니다'라는 말을 나는 좋아합니다.

이 선생님, 늘 건강하세요.